U0565850

邓友梅小传

邓友梅，祖籍山东省平原县，1931年生于天津。12岁参加八路军。1943年，因部队精简，赴天津务工。在被某工厂招收之后，被强行押送至日本山口县的一个化工厂做苦工。1945年，返回中国，并重新参加八路军，先做通信员，之后一直在文工团工作。靠自学走上文学创作之路。1946年开始发表作品。转业后担任北京人民艺术剧院和北京市文联创作员。1955年，从中央文学讲习所毕业之后，开始从事专业创作。邓友梅是五十年代最活跃的青年作家之一。1957年，在反右派斗争中被打成右派。1962年因在劳动改造中表现良好，调到鞍山，当创作员。在"文化大革命"中受到严重迫害，曾被送至盘锦等地改造。拨乱反正后，1976年，返回北京，在北京市文联任专业作家，党组成员。1979年加入中国作家协会。文学创作一级。1985年当选中国作协理事，书记处书记，并被任命为外联部主任。1997年当选为中国作协副主席。

邓友梅著有《京城内外》《邓友梅集》《早逝的爱》《那五》《烟壶》《据点》等。其中《我们的军长》获全国优秀短篇小说奖，《话说陶然亭》获全国优秀短篇小说奖，《追赶队伍的女兵们》获全国优秀中篇小说奖，《那五》获全国优秀中篇小说奖，《烟壶》获全国优秀中篇小说奖等。作品译有英、法、德、意、日等多种文字。

邓友梅的创作风格可用"刚健平实"四字归纳。他在小说创作中，有着自己的艺术追求和美学理想。他强调"写自己拿手的东西"，他认为作家"应该是一个独立的工厂，他只能吸收他所需要的原料，运用他特有的设备，制造独家生产的产品"。在这一创作思想的指导下，他选取了独特的表现生活的角度，真实地描写了自己所熟悉的生活，塑造了一批鲜明生动的人物形象。而最能代表其艺术成就的"京味儿"小说是《那五》《烟壶》《寻访"画儿韩"》等。

百年中篇小说名家经典

BAINIAN
ZHONGPIAN
XIAOSHUO
MINGJIA JINGDIAN

总主编 何向阳

本册主编 吴义勤

邓友梅 著

那五

NA
WU

河南文艺出版社
·郑州·

一种文体与
一百年的民族记忆

何向阳 （丛书总主编）

　　自 20 世纪初,确切地说,自 1918 年 4 月以鲁迅《狂人日记》为标志的第一部白话小说的诞生伊始,新文学迄今已走过了百年的历史。百年的历史相对于古老的中国而言算不上悠久,但 20 世纪初到 21 世纪初这个一百年的文化思想的变化却是翻天覆地的,而记载这翻天覆地之巨变的,文学功莫大焉。作为一个民族的情感、思想、心灵的记录,从小处说起的小说,可能比之任何别的文体,或者其他样式的主观叙述与历史追忆,都更真切真实。将这一百年的经典小说挑选出来,放在一起,或可看到一个民族的心性的发展,而那可能被时间与事件遮盖的深层的民族心灵的密码,在这样一种系统的阅读中,也会清晰地得到揭示。

所需的仍是那份耐心。如鲁迅在近百年前对阿Q的抽丝剥茧,萧红对生死场的深观内视,这样的作家的耐心,成就了我们今天的回顾与判断,使我们——作为这一古老民族的每一个个体,都能找到那个线头,并警觉于我们的某种性格缺陷,同时也不忘我们的辉煌的来路和伟大的祖先。

来路是如此重要,以至小说除了是个人技艺的展示之外,更大一部分是它对社会人众的灵魂的素描,如果没有鲁迅,仍在阿Q精神中生活也不同程度带有阿Q相的我们,可能会失去或推迟认识自己的另一面的机会,当然,如果没有鲁迅之后的一代代作家对人的观察和省思,我们生活其中而不自知的日子也许更少苦恼但终是离麻木更近,是这些作家把先知的写下来给我们看,提示我们这是一种人生,但也还有另一种人生,不一样的,可以去尝试,可以去追寻,这是小说更重要的功能,是文学家个人通过文字传达、建构并最终必然参与到的民族思想再造的部分。

我们从这优秀者中先选取百位。他们的目光是不同的,但都是独特的。一百年,一百位作家,每位作家出版一部代表作品。百人百部百年,是今天的我们对于百年前开始的新文化运动的一份特别的纪念。

而之所以选取中篇小说这样一种文体,也是出于这个原因。

中篇小说,只是一种称谓,其篇幅介于长篇小说和短篇小说之间,长篇的体积更大,短篇好似又不足以支撑,而介于两者之间的中篇小说兼具长篇的社会学容量与短篇的技艺表达,虽然这种文体的命名只是在 20 世纪的七八十年代才明确出现,但三四十年间发展迅速,其中的优秀作品在不同时期或年份涵盖长、短篇而代表了小说甚至文学的高峰,比如路遥的《人生》、张承志的《北方的河》、莫言的《透明的红萝卜》、韩少功的《爸爸爸》、王安忆的《小鲍庄》、铁凝的《永远有多远》等等,不胜枚举。我曾在一篇言及年度小说的序文中讲到一个观点,小说是留给后来者的"考古学",

它面对的不是土层和古物，但发掘的工作更加艰巨，因为它面对的是一个民族的精神最深层的奥秘，作家这个田野考察者，交给我们的他的个人的报告，不啻是一份份关于民族心灵潜行的记录，而有一天，把这些"报告"收集起来的我们会发现，它是一份长长的报告，在报告的封面上应写着"一个民族的精神考古"。

一百年在人类历史上不过白驹过隙，何况是刚刚挣得名分的中篇小说文体——国际通用的是小说只有长、短篇之分，并无中篇的命名，而新文化运动伊始直至 70 年代早期，中篇小说的概念一直未得到强化，需要说明的是，这给我们今天的编选带来了困难，所以在新文学的现代部分以及当代部分的前半段，我们选取了篇幅较短篇稍长又不足长篇的小说，譬如鲁迅的《祝福》《孤独者》，它们的篇幅长度虽不及《阿 Q 正传》，但较之鲁迅自己的其他小说已是长的了。其他的现代时期作家的小说选取同理。所以在编选中我也曾想，命名"中篇小说名家经典"是否足以囊括，或者不如叫作"百年百人百部小说"，但如此称谓又是对短篇小说的掩埋和对长篇小说的漠视，还是点出

"中篇"为好。命名之事，本是予实之名，世间之事，也是先有实后有名，文学亦然。较之它所提供的人性含量而言，对之命名得是否妥帖则已显得不那么重要了。

值此新文化运动一百年之际，向这一百年来通过文学的表达探索民族深层精神的中国作家们致敬。因有你们的记述，这一百年留下的痕迹会有所不同。

感谢河南文艺出版社，感动我的还有他们的敬业和坚持。在出版业不免受利益驱动的今天，他们的眼光和气魄有所不同。

2017 年 5 月 29 日　郑州

目录

001

寻访"画儿韩"

021

那五

079

烟壶

205

身在市井的"京味儿"书写
——邓友梅中短篇小说略论
吴义勤

我说 "画儿韩"

　　掐指一算，这一带足有三十年没来过。 第一监狱门前那"无风三尺土，有雨一街泥"的"自新之路"已铺了柏油，"梨园先贤祠"所在地"松柏庵"盖起了大楼，杨小楼的墓地附近办起了学校。 往南走有"鹦鹉冢"和"香冢"。 年轻时甘子千常在那附近写生，至今背得出墓碑上开头几句话："茫茫愁，浩浩劫；短歌终，明月缺……"现在，他望着这历尽沧桑后的陶然亭湖水，当真有点"茫茫愁"。 上哪儿去找"画儿韩"呢？ 画儿韩是搞"四化"用得着的人，被挤出文物业几十年了。 自己已蜡头不高，生前不把他找回来，死后闭不上眼。

　　甘子千跟画儿韩的过节儿，是从三十多年前一场恶作剧开的头。 甘子千年轻时画工笔人物，有时也临摹一两张古画。 有一次看到名画家张大师作的古画仿制品，他一时兴起，用自己存的一张宋纸半块古墨，竟仿了一张张择端的画，题作《寒食图》。 原是画来玩的，被一位小报记者看见了。 此人名叫那五，是八旗子弟中最不长进的那一类人。

他把画拿去找善作假画儿的冯裱褙仿古裱了出来，加上"乾隆御览"之类的印鉴，作了旧，又拿给甘子千看，并说："这两下子，您赶上张大师了。至少也不在画儿韩之下！"

画儿韩是做书画买卖的跑合儿，善于识别品鉴，也善于造假。在古玩字画同业中颇有声誉，近来被"公茂当"聘去当了副经理。

甘子千看着自己的作品打扮得如此斑驳古气，很得意，微笑着说："您别瞎捧，我哪有那么高。"

"要拿我的话当奉承，您那是骂我。"那五愤愤地说，"不信咱做做试验。"

"怎么试验？"

那五就说，把画儿拿到"公茂当"去当。画儿韩识破了，无非一场笑话。要把画儿韩都蒙过去了，说明甘子千火候已到家。那没说的，当价分我一半，另外专候我一顿"便宜坊"。说完，那五用个蓝包袱皮把那画儿包走了。

要说那五从一上手就想诈骗，委屈了他。上手儿他也是凑趣赌胜。等他真准备夹着画儿去当铺了，这才动起骗一笔钱财的心。既要唬人，就得装龙像龙，装狗像狗。听说当行的人先看衣装后看货，那五现换了套行头：春绸长衫、琵琶襟坎肩、尖口黑缎鞋、白丝袜子。手中捏着根二寸多长虬角烟嘴。装上三炮台，点燃之后，举在那里。向柜台递上包袱去，说了声："当个满价儿！"就扭头转向墙角站着。一眼看去，活脱是位八旗世家子弟，偷了家中宝物来当（这些人从来是只肯当不肯卖。 而当了又不赎。 当初内务府替溥仪弄银子也是这个办法，很发了几家当行的财东）。

到底是那五的扮相做派障眼？ 是开口要满价吓住了画儿韩？ 是画儿韩一时粗心看打了眼？ 已经无从查考。 总之几经讨价还价，包袱送上取下，最后画儿韩学着山西口音唱了起来："写！ 破画一张，虫吃鼠咬，走色霉变，当价大洋六百……"那时候兵船牌洋面两块四一袋，六百大洋是个数目。 那五回来把经过一说，甘子千先是高兴得哈哈大笑，笑过仔细一想，又害怕起来。 此事一旦传开，自己的人品扫地，也得罪了画儿韩。 他和画儿韩虽无深交，可也算朋友。他两人都爱听京戏；京戏中专听老生；老生里最捧盛世元。盛世元长占三庆，他俩几乎天天在三庆碰头。 两人又都爱高声喊好，喊出来的风格又各异，久而久之，连唱戏的都养成了条件反射，要是一场戏下来没听见这两人喊好，下边的戏都铆不上劲！ 有一晚盛世元唱《失空斩》，画儿韩有事没到。 孔明坐帐一段，使过腔后没有听见两声叫好，只听见一声。 盛世元越唱越懈，后来竟连髯口都挂错了，招来了倒好。 画儿韩听说此事，专门请客为盛世元洗羞，两人拜了把兄弟。

那五见甘子千脸色暗了下来，就劝他说："您还有什么过意不去的吗？ 画儿韩自己就靠造假画起家，这叫现世报。您要嫌名声不好，以后不干就是了。 这一次，咱们不说谁知道？ 而且这一次也是为了试试你的手艺，并不就为了捞钱。

不过钱送到手，也绝没有扭脸不要的傻瓜，难道您还搭上利钱把这张擦屁股纸赎出来？"

"我没钱去赎它！"

"想赎也办不到，当票归我了！"

甘子千除去接受那五的观点，没第二条路。他守约给了那五三百元。但请他吃鸭子时，那五却没让甘子千破财。那五说："这张当票我拿到东单骑河楼，往日本人开的小押店一押，还能蒙小日本三百二百的，鸭子钱我候了。"

甘子千说："你可真有心计！"

那五说："您不赞成吗？坑日本人的钱也是爱国！"

这之后不久，甘子千去店里卖画收款，就听到议论，说画儿韩玩了一辈子鹰，叫鹰啄了眼。又过了几天，他就收到一张请帖。八月十六画儿韩做寿，请甘子千赴宴。

画儿韩租了恭王府靠后海的一个废园，在临水的"听荷轩"安排寿堂。房前一片瓦楞铁凉棚，正好铺开十来桌席面。甘子千以为碰上这件事，画儿韩面色要带点委顿，谁知几天没见，他竟更加精神爽朗了。酒过三巡，画儿韩借酒盖脸，作了个罗圈揖说："今天若单为兄弟的寿日，是不敢惊动各位的。请大家来，我要表白点心事，兄弟我跌了跟头了！"众人忙问："出了什么闪失？""我不说大伙也有耳闻，我收了幅假画。我落魄的时候自己也作过假，如今还跌在假字上。一报还一报，本没什么可抱怨，可我想同人中终究本分人多。为了不让大家再吃我这个亏，我把画带来了，请大家过过目。 记住我这个教训，以后别再跌这样的跟头。来呀，把画儿挂上！"

一声吆喝，两个学徒一人捧着画，一人拿着头上有铁爪儿的竹竿，把画儿挑起来，挂在铁梁下准备悬灯笼用的铜钩上。 众人齐集画下，发出一片啧啧声，说："造假能这样乱真，也算开眼了。"画儿韩说："大家别叫它吓住，还是先挑毛病，好从这里学点道眼。"他一眼扫到甘子千身上，笑道："子千眼力是不凡的，你先挑挑破绽，让大家都开开窍！"

甘子千脸早已红了，幸亏有酒盖着，并没使人注意。 他走到自己这幅画前，先看看左下角，找到一个淡淡的拇指指纹印，确认了是自己的作品。 又认真把全画看了一遍，连自己都佩服起自己来了。 当真画得好哇，老实讲，自己还真说不准破绽在哪儿；若知道在哪儿，当初他就补上了。 他承认笔力终究还不如真品，就说："还是腕子软、有些俗气；纸是宋纸，墨是宋墨，难怪连韩先生也蒙过去了！"画儿韩爽朗地笑了两声说："我这回作大头，可不是因为他手段高，实在是自己太自信，太冒失。 今天我要劝诸位就是人万不可艺高胆大，忘了'谨慎'二字。 这画看来惟妙惟肖，其实只要细心审视，破绽还是挺明显的。 比如说，画名《寒食图》，画的自然是清明时节。 张择端久住汴梁，中州的清明该是穿夹袄的气候了，可您看这个小孩，居然还戴捂耳风帽！ 张择端能出这个笑话吗！ 您再细看，这个小孩像是在

哪儿见过。 在哪儿？ 《瑞雪图》上！ 《瑞雪图》画的年关
景象，自然要戴风帽。 所以单看小孩，是张择端画的。 单
看背景，也是张择端画的。 这俩放在一块儿，可就不是张择
端画的了！ 再看这个女人：清明上坟，年轻寡妇自然是哭丈
夫！ 夫字在中州韵里是闭口音，这女人却张着嘴！ 这个口
形只能发出'啊'音来！ 宋朝女人能像三国的张飞似的哇呀
哇地叫吗？ 大家都知道《审头刺汤》吧！ 连汤勤都知道张
择端不会犯这种过失，可见这不是张择端所画……"

　　大家听了一片惊叹。 甘子千心中也暗自佩服，他向画儿
韩敬了一杯酒，向他讨教："《审头刺汤》我也听了多少遍
了。 雷喜福的、马连良的、麒麟童的都听了，怎么不知道汤
勤论画的典故？"画儿韩说："明后天您上当铺来，我细讲
给您听，今天不是时候，盛世元来给我祝寿，马上就开戏
了。"

　　说罢，画儿韩往那画儿上泼了一杯酒，划了根火，当场
把画点着。 那画顿时呼呼响着，烧成一条火柱。 画儿韩哈
哈笑道："把它烧了吧，省得留在世上害人！ 大家再干一
杯，听戏去！"

　　画儿烧了，甘子千心定了，坐下来消消停停地听戏。 盛
世元是尽朋友义气来出堂会，格外地卖力气。 画儿韩表示知
音，大声喊好。 甘子千忍不住也喊起好来。 一出戏唱完，
画儿韩到后台道辛苦，盛世元说："总陪你一上一下喊好的
这位，也有些天没上馆子去了。 是哪一位爷，请来见见不行

吗？"画儿韩自收了假画，心中腻味，有些天没去三庆，不知道甘子千也没去。盛世元一提，他心中咯噔一声。他知道造假画来坑他的人准在同业同行之内，所以今天才撒帖打网，可没往甘子千身上想。一听这话，赶紧上前台找甘子千，学徒说甘先生才被人找走了。

这时，甘子千正被那五拉着走出花园的侧门，甘子千略有不满地说："五爷，您怎上这儿显灵来了？"那五说："有点急事跟您商论。我拿那张当票去押，日本人要照当，您说这个险冒不冒？若蒙过日本人挣他一笔，自然痛快；若叫他认出假来，日本鬼子可比不得画儿韩，免不了把咱送到红帽衙门，灌凉水……"

甘子千有点厌恶地说："别得陇望蜀了！告诉你，画儿韩已经把咱那杰作火化升天了。"接着把刚才的情形详细说了一遍。那五听了先是一愣，接着就拍起大腿来。

"这回可是该着画儿韩败家了！难怪我找连阔如看相，他说我要交鼻运！"

甘子千说："你又想造什么孽？弄了人家几百就行了，别赶尽杀绝，何况打头碰脸，跟我全是朋友。"

"朋友？生意场上无父子！见财不发是屌头。您甭管，等着吧，我请您正阳楼吃河螃蟹！"

那五走后，甘子千越想越不安，他觉着按人品说，画儿韩比那五高得多。别说这事与自己有关，就是无关也不忍看着叫那五再坑他。他决定明天一早去当铺访画儿韩，找机会和画儿韩说破，别让那五把事闹大。

这天甘子千来到了"公茂当"。画儿韩听说他来了，远接高迎，一直把他让到账房后边自己的屋里。学徒敬上茶后，画儿韩端起水烟袋，呼噜呼噜吸了一袋，这才提起话头："前几天我去三庆，怎么总没见你？"甘子千还没说话，账房先生小碎步跑进来，满脸的慌张，语不成声地说："经理，前边出事了。"

画儿韩不紧不慢地问："什么事，大惊小怪的？"

"有人赎当来了。"

"当铺嘛，没人赎当？"

"不是赎别的，是赎……"账房先生看了甘子千一眼，凑近画儿韩跟前，放低了声音。画儿韩大声说："有话尽管讲，甘先生不是外人。"账房先生这才恢复大声说："有人赎画来了。"

"哪幅画？"

"就是昨天烧的那幅《寒食图》！"

甘子千觉得有人在自己头顶上撞了声钟，浑身震得麻酥酥的。万没想到那五穷急生疯，想出这一招来。

画儿韩说："你告诉他，那幅画是假的，他骗走几百大洋就够了。还不知足，跟他上官面儿去说理。"

"经理，您圣明，买卖人能这么回人家话吗？人家拿着当票儿，哪怕当的是张草纸，要赎也得给人家！拿不出这张草纸来得照当价加倍赔偿，就这样人家还许不认可。怎么咱倒说上官面儿说话去？"

几句话问得画儿韩无言可对。这时外边吵嚷的声音大了。只听那五爷细细的嗓子像唱青衣的叫板似的喊："怎么着，想赖我的传家之宝啊？还说我的画儿是假的？好，就是假的，我这假的是陈老莲仿的，比真的还贵，没东西就赔银子吧！"

画儿韩站起来说："不像话，我去看看，子千，我请假了。"

甘子千听到那五爷喊，先是生气，继而尴尬。那五这一着，将得他手足无措。他顾不上规矩礼节，硬跟着画儿韩到了前柜。

当铺的柜台，照例高出顾客头顶一尺多。迎面墙上挂着黑红棍（这是清朝官商的遗俗，表示一半是买卖一半是衙门）。这时连账房带伙计四五人都围在画儿韩身后朝柜台下看。只听见那五细声细气地说："有画儿拿画儿，没画儿呢，咱们找个地方说说……"

甘子千走到画儿韩身后，越过柜台往下一望，只见那五身后还站着一个矮黑胖子，灰布裤褂，袖口盖住手，十三太保的纽襻全敞着，露出黑边的白洋布汗褡儿、红兜肚，一眼就认出了是外五区侦缉队的黑梁。看这阵势，那五已打定主意要勒画儿韩的大脖子了。甘子千向那五使个眼色，知其不可为而为地说道："我当是谁呢。五爷呀！嗨，都是自己人，您何苦……"

"甘爷，我们谈公事，您可别瞎掺和。 我把祖上传下来
的一个挑山当了。 今儿来赎，他们一会儿说我那画是假的，
一会儿叫我展期，您说这能不叫我急吗？"

甘子千正想找句合适的话劝那五罢手，画儿韩往前一
挤，把头伸出柜台，冲下说道："您急呀？ 我比您还急呢！
我算计着一开门您就该来的，怎么到这钟点才来呀。 不是要
赎当吗？ 钱呢？"

"敢情你怕我没钱？"那五从底下扔上一个白手帕包的
小包来，里边满是五颜六色的联银券。 画儿韩叫伙计过数，
伙计数了，连同利息正好八百多元。 画儿韩把利息数出来放
在一旁，把六百元入了柜，伸手从柜台下掏出个蓝布包袱，
往下一递：

"不是赎画吗？ 拿走！"

不要说甘子千，连当铺的同人眼睛都直了，一时间鸦雀
无声。 那五先是呆在那里把嘴张开合不上，随后伸手去接包
袱，两手哆哆嗦嗦怎么也接不住。 侦缉队的帮他把包袱接过
来塞在他怀里说："你看看，是原件不是？"

那五打开包袱一看，汗珠儿叭叭地落在地上。 朝柜台上
的甘子千咧了咧嘴，既不像笑又不像哭，明是自问，实际是
说给甘子千听："画儿昨天不是烧了吗？"

画儿韩接荐说："昨天不烧你今天能来赎吗？"

那五自语说："这么说世上有两幅《寒食图》？"

画儿韩说："你想要，今晚上我破工夫再给你作一

幅！"

甘子千不敢相信眼前的奇迹，对那五说："什么画儿说得这么热闹？叫我也开开眼。"

那五把画递了上来，甘子千不看则已，一看脸臊得像才从澡堂子出来！他首先把视线投在左下角，无意之中留下的那个拇指印，很轻很淡，端端印在那里，跟昨天烧的那画一模一样。他怀疑如把两幅画同时摆在一起，他是否能认出哪一幅出自自己之手。听说能手能把一张画儿揭成两幅，画儿韩莫非有此绝技？

下边侦缉队黑梁不耐烦了，问那五：

"看样儿没我的事了吧？您拿钱吧，我该走了。"

那五掏钱打发了黑梁，缓过了神来，玩世不恭地一笑，向上拱拱手说："韩爷，我开眼了。二百多块利息换了点见识，不算白花！"

"利息拿回去！"画儿韩把放在一旁的利息往下一送，哈哈笑道，"画儿是您拿来的，如今您又拿了回去，来回跑挺费鞋的，这几个钱你拿去买双鞋穿，告诉你那位坐帐的！"说到这儿，画儿韩扫了一眼目瞪口呆、满脸窘相的甘子千，"就这点儿本事也上我这儿来找苍蝇吃吗？骗得过画主本人，这才叫作假呢，叫他再学两年吧！"

甘子千无地自容，低着头走出"公茂当"，从此处处躲着画儿韩，再没和他照过面。画儿韩尽管由此名声大噪，可是财东不敢再拿钱冒险，来年正月就把这位副经理辞退了。

画儿韩跑了两年合儿，北平临解放时百业萧条，他败落到打小鼓换洋取灯儿的份儿上了。甘子千造假画的名声传了出去，尽管丢尽了人格，可换来了书画店饭碗，当了专门补画的工匠。因为揭裱字画，难免破损，得有人会造假修破。

北平解放后，甘子千凭他出身清白贫苦，政治学习积极，思想进步，靠近组织，公私合营时已当上了书画业领导小组成员，同业工会的副主席。

公私合营后，文物书画业要整顿班子，有人提出来调画儿韩。政府人员不知道这人是谁，向甘子千了解，甘子千支吾说："我跟他也不熟，等我去了解一下。"回到家来，他就犯了思忖。当初自己本没有坑骗他之意，却弄得无法解释。事已过去多年，他不来呢，谁也不会再想起谈起，于他于己都无妨碍。他如果来了，这人可也是长着嘴的。他要是把这件事说出来，说成我甘子千有意所为，我不得脱层皮吗？自己还正在争取入党，多一事不如少一事吧！但也不能对组织说假话，见到政府代表时，他就说："画儿韩的事了解了。这人做假画出身，当过当铺的副经理，解放前有一阵生活挺富裕。他做寿名演员盛世元都来唱堂会……"政府代表听了，又问他："有人说他挺有本事，你看咱们用他好不用他好？"甘子千说："还是领导上决定，我水平低，看问题没把握。"画儿韩终于没被调用。

按文物行某种惯例，从这行被清理出去的人，改行干什么都可以，但绝不许再染指文物生意。自己买卖，替人鉴别都属违例。 画儿韩自此就从同行人中消失了。

多少年来，甘子千从没为画儿韩的事感到理亏心虚。 慢慢地，连画儿韩这人都不大想到了。

十年动乱中，甘子千受了不少委屈。 他认为最委屈、最不合理的是为了"改造他"偏不让他干自己稔熟的行业，而叫他去学修脚！ 打倒"四人帮"后，恢复名誉也好，退还存款也好，都没有比让他回到文物商店，干他爱干又能干的工作使他感动。 他拿出全部精力来工作。 可是岁月不饶人，当他当选为人民代表时，大夫会诊的诊断书也送到了他手里。 他被宣布得了必须休息、没有希望治好的那种病！

尽管他对人说："我快七十了，马上去八宝山也不算少亡！ 三中全会以来的这段晚福也享到了！"可心里实在有点懊丧。 他想到，自己这一生从人民那里取得的很多，报答人民的太少。 他无声地给自己算账，算算这一辈子对人民对国家做过哪些亏心事。 算来算去，算到了画儿韩头上。

文物业的老手死的死，病的病。 十年浩劫没出人才，人手荒成了要害症。 如今国际市场文物涨价，无论识别古画还是做仿制品，画儿韩都身怀绝技，怎么能不让他发挥才干呢？ 当初只要自己一句话，说"这个人有用"，画儿韩就留下了。 可是自己没说，就为这个把他挤出去几十年。

共产党几十年的教育，老年人的忏悔心情，对个人得失的淡漠，一同起了作用，他找到党委汇报，检讨了错误。 党委书记表扬了他的忠诚，责成他把画儿韩请回文物界来。

　　这一动手找，才发现北京城之大，人口之多，分离的时间之长！ 先听说画儿韩在天桥"犁铧头"茶馆烧过锅炉，到那儿一看，茶馆早黄了。 又听说画儿韩和另一个老光棍合租一间房子，在金鱼池附近养金鱼，去那儿一问，房子全拆了。 找了半个月，走了八处地方，唯一的收获就是听说画儿韩确实健在，有时还到陶然亭附近去练子午功。 甘子千平日想起整过自己的那些人，心里总是愤愤不平。 这时才悟到，原来自己也是整过人的，其后果并不比人家整自己轻微，手段也不比别人高尚。

　　他决心要把自己欠的债还上。 不顾大夫警告，一清早就拄着棍来到了陶然亭。 这时天还没大亮，雾蒙蒙的湖园里有跑步的、喊嗓的、遛弯儿的、钓鱼的。 三三两两，影影绰绰，在他前后左右往来出没，向谁打听好呢？

　　正在犯愁，迎面走来一位留着五绺长髯，身穿中式裤褂，也拄着根手杖的人。 这人目不斜视，一边走路一边低声哼着京戏。 走近了，听出唱的是《空城计》："众老军因何故纷纷哪议论……"

　　这唱腔使甘子千停住了脚。 "纷纷议论"四个字吐字行腔不同一般。 "纷纷"二字回肠九转，跌宕有致；"议论"二字坦坦荡荡，一泻千里。 甘子千似乎出于条件反射，连考虑都没考虑，张嘴就喊了一声"好"！

　　老头儿也停住脚步，半仰着脸，像是捕捉这一声叫好的余音。 他望着还没亮透的湖边树林说："这份儿叫好声我可有三十多年没听见了，不是听错了吧？"

甘子千应道："这'纷纷议论'四个字的甩腔，我也有三十多年没听见了。您敢情就是盛老先生？"

"哎哟，这话怎么说的！"老头几步抢了过来，并不握手，而是抓住甘子千的手腕子上下摇晃："您就是，您就是那位跟画儿韩一块常听我的戏的……"

"我叫甘子千。"

"听说过，那年在恭王府园子出堂会，我让画儿韩请您来会一会，可惜您走了。从那一别就是三十多年。您一向可好？在哪儿工作呢？"

甘子千说在文物商店当顾问。盛世元说："我也是顾问！唉，什么顾问？就是政府对咱们这些人器重，哪怕还有一点本事，也让你使出来。社会主义嘛，就是不埋没人才。干我们这一行的，不养老不养小，我从日本降伏那年就塌中，放在旧社会得要饭。一解放就请我上戏校当教习了。就是'四人帮'时候受点罪，可受罪的又不是咱一个，连国家主席、将军元帅都受了罪，咱还有什么说的？昨天我碰见世海，他还能登台呢……"

甘子千想等盛老先生话说到一个站口，问问画儿韩的消息。可这位老先生越说越精神，只好硬挤个话缝插进去说："盛先生，刚才您提到画儿韩，您知道他现在落在哪儿了吗？"

"落在哪儿？他一直在我家呀！"

甘子千啊了一声，半天盯住盛世元没错眼神。天下哪会有这么便宜的事，一下就歪打正着（他忘了他先已扑空了八次）？又追问一句："您说的是真格的？"

"嗨，你问问陶然亭这些拳友，谁不知道画儿韩跟我做伴？'文化大革命'中茶馆黄了，画儿韩没地方混饭吃，急得在这湖边转磨，跟我说：'四哥，这些年我一步一步地退，古玩行不让干了，我拉三轮；三轮不许拉了，我摆摊卖大碗茶；大碗茶不让卖了，我给茶馆烧锅炉；现在连茶馆都砸了，我还往哪儿退呢？从解放我就是临时工，七十多岁了，谁要我啊？'我劝他说：'天下哪有过不去的河呢？你搬我家住去。从我老伴去世，儿子调到外地，我就剩下一个人。白天我在戏校挨批判，心里老怕家里叫人撬门抄家，你就给我看家得了。只要我这工资不取消，就有你的饭吃。'从那时，他在我家一住就是十年。"

甘子千急不可耐地说："既这么着，我跟您去看看他行不行？我有点事找他。"

"不行。"

"怎么？"

"脑血栓，前天进医院了。"

"唉……"甘子千两手摊开，连连叹气。

"您甭着急，眼下没有生命危险，就是不许探视。"

甘子千这才舒了口气，问道："怎么突然得了脑血栓？"

"累的。 去年他检查出脑血管硬化，医生叫他多休息，他反而忙起来了。 他说他家几代祖传倒腾字画，对于识别古画很有点诀窍，他想趁着还能活动，把它都写下来，免得自他这儿失传。"

甘子千说："早动手就好了。"

盛世元说："前些年他张嘴就骂，说文物行的领导全是棒槌，不认他这块金镶玉。 他宁可带到棺材去也不把本事交给他们。 这两年啊，政府一步一步给我落实政策。 收入多点儿了，我俩的生活也改善点。 他觉着党中央政策好，虽是冲我下的雨，也湿了他的田。 目前搞'四化'，他这点本事对国家是有用处的，不该再藏着掖着了。 这是为国为民的好事，我能拦着吗？ 我就给他买纸，买墨、好茶叶、大叶烟，可就忘了叫他注意身体。"

甘子千含着泪说："您可真够意思。 交朋友交到这个份儿上，可以拍胸脯了。"

"也还是党中央的新政策好，要是我被人家当成'四旧'扫进垃圾箱，还能顾他吗？"

甘子千心情沉重，默默无言地和盛世元并肩走了一段路，忽然问道："他还能说话不能呢？"

"能是能，就是舌头有点发硬，拐弯费劲儿。"

"那就有救！"甘子千喜出望外。 他想应当建议派人带录音机来录音，应当在人代会上提一个抢救老人们身上保存的绝技的提案，应当……

盛世元向甘子千告辞，说："哪天医生一解禁，我就领您去。"

"是是。您看还有什么困难吗？"

"困难是有，怕你帮不上手。画儿韩当了半辈子临时工，没混上公费医疗，我落实政策补了点钱，这回他一住院全垫进去了。可这救急不救穷。这病不是三两天能好的，我的工资两人吃饭有富余，供一个人住院可差远了。能不能找个地方给他出药钱呢？"

"行！"甘子千斩钉截铁地说，"包在我身上了！"

甘子千回去的路上，比来的时候精神爽快了，心情舒展了。他计划把自己的存款移到画儿韩的名下。他几乎怀着感谢的心情想到盛世元最后这个要求。他觉着生活总算给了他一个机会，让他在向这个世界告别时，可以于心无愧了。

一

"房新画不古，必是内务府。"那五的祖父做过内务府堂官，所以到他爸爸福大爷卖府的时候，那卖房子的钱还足够折腾几年。 福大爷刚七岁就受封为"乾清宫五品挎刀侍卫"。 他连杀鸡都不敢看，怎敢挎刀？ 辛亥革命成全了他。 没等他到挎刀的年纪，就把大清朝推翻了。

福大爷有产业时，门上不缺清客相公。 所以他会玩鸽子，能走马。 洋玩意儿能捅台球，还会糊风筝。 最上心的是唱京戏，拍昆曲。 给涛贝勒配过戏，跟溥侗合作过《珠帘寨》。 有名的琴师胡大头是他家常客。 他不光给福大爷说戏、吊嗓，还有义务给他喊好。 因为吊嗓时座上无人，不喊好透着冷清。 常常是大头拉个过门，福大爷刚唱一句"太保儿推杯换大斗"，他就赶紧放下弓子，拍一下巴掌喊："好！"喊完赶紧再拾起弓子往下拉。 碰巧福大爷头一天睡得不够，嗓子发干，听他喊完好也有起疑的时候：

"我怎么觉着这一句不怎么样哪？"

"嗯，味儿是差点，您先饮饮场！"大头继续往下拉，毫不气馁。

福大奶奶去世早，福大爷声明为了不让孩子受委屈，不
再续弦。弦是没续，但今天给京剧坤伶买行头，明天为唱大
鼓的姑娘赎身。他那后花园子的五间暖阁从没断过堂客。
大爷事情这么忙，自然顾不上照顾孩子。

那五也用不着当老子的照顾。他有自己的一群伙伴：三
贝子、二额驸、索中堂的少爷、袁宫保的嫡孙。年纪相仿，
门第相当。你夸我家的厨子好，我称你府上的裁缝强。斗
鸡走狗，听戏看花。还有比他们老子胜一筹的，是学会些摩
登派的新奇玩意儿。溜冰，跳舞，在王府井大街卖呆看女
人，上"来今雨轩"饮茶泡招待。他们从来不知道钱有什么
可珍贵的；手紧了管他铜的瓷的、是书是画，从后楼上拿俩
锦匣悄悄交给清客相公，就又支应个十天半月。直到福大爷
把房产像卖豆腐似的一块块切着卖完，五少爷把古董像猫儿
叼食似的叼净，债主请京师地方法院把他从剩下的号房里轰
出来，才知道他这一身本事上当当不出一个大子儿，连个
硬面饽饽也换不来。

福大爷一口气上不来，西天接引了，留下那五成了舍哥
儿。

二

那五的爷爷晚年收房一个丫头，名唤紫云。比福大爷还

小个八九岁。 老太爷临去世，叮嘱福大爷关照她些。 福大爷并不小气。 把原来马号一个小院分给紫云，叫她另立门户，声明从此断绝来往。

紫云是庄子上佃户出身，勤俭惯了的，把这房守住了，招了一户房客。 寡妇门前是非多，不敢找没根底的户搭邻居，宁可少收房钱，租与一家老中医。 这中医姓过，只有老两口，没有儿女。 老太太是个痨病底儿，树叶一落就马趴在床上下不了地。 紫云看着大夫又要看病，又要伺候老伴，盆朝天碗朝地，家也不像个家，就不显山不露水地把为病人煎汤熬药、洗干涮净的细活全揽了过来。 过老太太开头只是说些感激话，心想等自己能下地时再慢慢补付。 哪知这病却一天重似一天。 老太太有天就拉着紫云的手说："您寡妇失业的也不容易，天天伺候我我不落忍。 咱们亲姐妹明算账。 打下月起咱这房钱再涨几块钱吧！ 我不敢说是给您工钱，有钱买不来这份情意。"紫云一听眼圈红了，扶着老太太坐在床沿上说："老嫂子，我一个人好混，不在乎几块钱上。 那边老太爷从收了我，没几年就走。 除去他，我这辈子没叫人疼过。 想疼疼别人，也没人叫我疼。 说真格的，我给您端个汤倒个水，自己反觉着比光疼自己活得有精神。 您叫我伺候着，就是疼了我了。 这比给我钱强！"

又过了两年，老太太觉着自己灯碗要干，就把过大夫支出去，把紫云叫到床边，挣扎着倚在床上要给紫云磕头。 紫云吓得忙扶住她说："您这不是净意地折我的寿吗？"过老太太说："我有话对你说，先行个大礼！"紫云说："咱们俩谁跟谁呢？"于是过老太太就一把鼻涕一把泪地说，她和过大夫总角夫妻，一辈子没红过脸。现在眼看自己不行了。一想起丢下老头一个人就揪心。这人鹰嘴鸭子爪，能吃不能拿。除去会看病，连钉个纽扣也钉不上。她看了多少年，没有紫云这么心慈面软的好人，要是能把老头交给她，她在九泉下也为紫云念佛。紫云回答说："老姐姐，您不就是放心不下过大夫吗？您把话说到这儿就行了。以后有您在，没有您在，我都把过大夫这个差事当正事办。您要还不放心，咱挑个日子，摆上一桌酒，请来左邻右舍，再带上派出所警察，我当众给过家的祖先磕个头，认过大夫当干哥哥！"

过老太太听了，对紫云又感激又有点遗憾。和过大夫一商量，过大夫却是对紫云钦敬不已。紫云借过端午的机会，挎了一篮粽子去看福大爷，委婉地说了一下认干亲的打算，探探福大爷的口气。福大爷说："从老太爷去世，你跟那家没关系了。别说认干亲，你就是嫁人我们也不过问。"紫云擦着泪说："大爷虽然开通，我可不敢忘了太爷的恩典。"

六月初一摆酒认干亲，紫云不记得自己父母姓什么，多少年来在户口上只写"那氏"二字，席间她又塞给警察一个红包，请他在"那"字之下加个"过"字，正式写成过大夫的胞妹。

过老太太言而有信，这事办完不久就驾鹤西去了。紫云正式把家管了起来。 人们为此对她另眼相看，称呼她云奶奶。

三

听说那五落魄，云奶奶跟哥哥商量，要把他接来同住。她说："不看僧面看佛面。 不能让街坊邻居指咱脊梁骨，说咱不仗义。"过大夫对这老妹妹的主张，一向是言听计从的，就到处打听那五的行止，后来总算在打磨厂一家客店找到了他。 过大夫说明来意。 本以为那五会感激涕零的，谁知那五反把笑容收了，直龇牙花子：

"到您那儿住倒是行，可怎么个称呼法儿呢？ 我们家不兴管姨太太称呼奶奶！"

过大夫气得脸色都变了，恨不能伸手抽他几个嘴巴，甩袖走了出来。 回到家不好如实说，只讲那五现在混得还可以，不愿意来，不必勉强吧！

云奶奶不死心，再三追问，过大夫无法，就如实告诉了她那五的原话。 云奶奶叹口气说："他们金枝玉叶的，就是臭规矩多！ 他爱叫我什么叫什么吧。 咱们又不冲他，不是冲他的祖宗吗？ 他既混得还体面，不来就罢了。"

谁知过了几天，那五自己找上门来了。 进门又是请安，又是问好，也随邻居称呼"云奶奶"，叫过大夫"老伯"。尽管辈分不对，云奶奶还是喜欢得坐不住站不住。 云奶奶问他:"我怕你在外边没人照顾,叫你搬来你怎么不来?"那五说:"说出来臊死人,我跟人合伙做买卖,把衣裳全当了做本钱,本想货出了手,手下富裕点,买点什么拿着来看您,谁想这笔买卖赔了……"

云奶奶说:"自己一家人,讲这虚礼干什么? 来了就好。 外边不方便,你就搬来住吧。"

那五难道是个会做买卖的人吗?

买卖是做了一次,但没成交。 天津有个德国人,在中国刮了点钱,临回国想买点瓷器带走。 到北京几处古玩店看了看,没有中意的。 那五到古玩店卖东西,碰上他在看货,就在门外等着。 等外国人出来,就上去搭讪,说自己是内务大臣家的少爷,倒有几宗瓷器想出手,可以约个时间看看。 外国人要到他府上拜访,他说这事要瞒着家里进行,只能在外边交易。 约定三天后在西河沿一家客店见面。 那五并没瓷器。 但他知道索家老七从家中偷出一套"古月轩"来,藏在连升客栈。 索七想卖,又怕家里知道不饶他。 那五就找索七说,现在有个好买主,买完就运出中国。 不会暴露,又能出大价。 你出面怕引起府上注意,我担这个卖主名义好了。 事情成了,我按成三破四取佣金,多一个大子儿不要。 可你得先借我几十块赎赎当,替我在这客栈包一间房,要不够派头,外国人就不出价儿。 索七少比那五还窝囊,完全依计照办。 过大夫来找那五时,那五刚搬进客店,还在做发财梦,当然毫不热心。

索七嘴不严，这事叫廊房头条的博古堂古玩店知道了。博古堂掌柜马齐早知道索七偷出这套东西来，一直想弄到手，谈了几次都因为要价高没成交。可是东西看到过，真正的"古月轩"，跟他所收藏的几个小碗是一个窑。恰好德国人来他店中看货，他就悄悄吩咐大伙计，把几个"古月轩"的小碗摆到客厅茶几上。外国人看完货，他让到客厅去休息，假作毫不在意的样子，提起茶壶就往那"古月轩"碗里倒茶，并捧给了德国人。德国人接过茶碗一看，连口称赞，奇怪地说："你们柜上摆的瓷器并不好，怎么平常用的茶具反倒十分精美？"

马齐一听，哈哈大笑，说："你要喜欢，卖给你，比你认为不好的任何一种都便宜，连那一半钱也不值！"

德国人说："你开玩笑？"

马齐说："完全实话。"

德国人问："为什么？"

马齐说："这是假的。你看的不中意的那些是古瓷，这是当今仿制品！买瓷器不能光看外表！要听声，摸底儿，看胎！"他说着从前柜拿来一件瓷器，一边比较一边讲，把个外国人说得迷迷糊糊。最后他把没倒茶的两个碗叫学徒用绵纸包了，放到德国人跟前说："买卖不成仁义在，这一对不值钱的假货送你作纪念！"

那德国人把这碗拿回去，反复地看，没两天就把"假瓷"的特征全记在心里了。等他去客栈拜访那五时，那五一打开箱盖他就笑了起来。　这不和博古堂送他的假货一模一样吗？　但他却出于礼貌并不说破。　问了一下价钱，贵得出奇。　再看那五住得这么寒酸，也不像个贵胄子弟，连说"No，No"，起身走了。　他很感激博古堂的掌柜教给他知识，到那儿把柜台上摆的假瓷器当真货如数买走，高高兴兴回德国了。

买卖不成，索七怪那五做派不像，逼着叫他还赎当的钱，也不肯付房间费。　那五把赎出来的衣服又送回当铺，这才投奔云奶奶来。

过了不久，马齐终于由人说合，只花了卖假瓷器的一半钱，把索七的真货弄到了手。　等索家发觉来追查时，他早以几倍的高价卖给天津出口商蔡家了。

四

云奶奶是自谦自卑惯了的，那五肯来同住，认为挺给自己争脸，就拿他当凤凰蛋捧着。　那五虽说在外边已混得没了体面，在这姨奶奶面前可还放不下主子身份。　嘴里虽称呼"云奶奶"，那口气态度可完全是在支使老妈子。　他是倒驴不倒架儿，穷了仍然有穷的讲究。　窝头个儿大了不吃，咸菜切粗了难咽，偶尔吃顿炸酱面，他得把肉馅分去一半，按仿膳的做法单炒一小碟肉末夹烧饼吃。　云奶奶用体己钱把衣裳给他赎出来之后，他又恢复了一天三换装的排场。　换一回叫云奶奶洗一回，洗一回还要烫一回。稍有点不平整，就皱着眉说："像牛嘴里嚼过似的，叫人怎么穿哪？"云奶奶请来这位祖宗，从早到晚手脚再没有得闲的时候了。

过大夫仍住在南屋。那五来后，他尽量地少见他少理他，还是忍不住气。有天就借着说闲话儿的空儿对那五说："少爷，我们是土埋半截的人了，怎么凑合都行，可您还年轻哪，总得想个谋生之路。铁杆庄稼那是倒定了，扶不起来了。总不能等着天上掉馅饼不是？别看医者小技，总还能换口棒子面吃。您要肯放下架子，就跟我学医吧。平常过日子，也就别那么讲究了。"那五说："我一看《汤头歌》《药性赋》脑壳仁就疼！有没有简便点儿的？比如偏方啊，念咒啊！要有这个我倒可以学学。"过先生说："念咒我不会。偏方倒有一些，您想学治哪一类的病呢？"那五说："我想学打胎。有的大宅门小姐，有了私情怕出丑，打一回胎就给个百儿八十的！"过先生一听，差点儿背过气去！从此不再理他——那年头不兴计划生育、人工流产，医生把打胎看作有损阴德的犯罪行为！

五

那五在云奶奶家住了不到一个月，虽说饭来张口，衣来伸手，可耐不住这寂寞，受不了这贫寒。好在衣服赎出来了，就东投亲西访友想找个事由混混。也该当走运，他随着索七去捧角儿，认识了《紫罗兰画报》的主笔马森。马森见那五对梨园界很熟，又会摆弄照相机，就请那五来当《紫罗兰画报》的记者。

这《紫罗兰画报》专登坤伶动态，后台新闻，武侠言情，奇谈怪论。社址设在煤市街一家小店里。总共两个人。除去马森，还有个副主笔陶芝。这两人两个做派。马森是西装革履，陶芝是蓝布大褂。马森一天刮两次脸，三天吹一次风。陶芝头发披到耳后，满脸胡子拉碴。这办公室屋内只有两张小桌，三把椅子。报纸、杂志全堆在地上。那五上任这天，两位主笔请他到门框胡同吃了顿爆肚，同时就讲明了规矩：他这记者既不拿薪金也没有车马费。稿费也有限。可是发他一个记者证章，他可以凭这证章四处活动，自己去找饭辙。

那五一听，这不是涮人吗？但已答应了，也不好拒绝，决定试试看。他干了两个月，结识了几个同行，才知道这里大有门道。写捧角儿的文章不仅角儿要给钱，捧家儿也给钱。平常多遛遛腿儿，发现牛角坑有空房，丰泽园卖时新菜，就可以编一篇"牛角坑空房闹鬼"的新闻，"丰泽园菜中有蛆"的来信，拿去请牛角坑的房东和丰泽园掌柜过目。说是这稿子投来几天了，我们压下没有登。都是朋友，不能不先送个信儿，看看官了好还是私了好！买卖人怕惹事，房东怕房子没人敢租，都会花钱把稿子买下来。那五很得意，觉着又交上一步好运。

《紫罗兰画报》连载着言情小说《小家碧玉》，作者是正在发红的"醉寝斋主"。不知为什么，发到第十六回，斋主不送稿子来了。正好那五在报社。陶芝委托他去拜访醉寝斋主，带去稿费，索取下文。告诉那五这"醉寝斋"在莲花河后身十号。

六

这莲花河在石头胡同背后，一条窄巷，有三五户民宅。十号是个砖砌的古式二层楼，当中一个天井，院角有一条一踩乱晃、仅容一个人走动的楼梯。一转遭儿上下各有几间房子，家家房门口都摆着煤球炉子、水缸、土簸箕。那五正在院子观望，从楼梯上下来两个人。一个是烫着发，描着眉，穿一件半短袖花丝绒旗袍、软缎绣花鞋的女人；一个是穿灰布裤褂、双脸洒鞋、戴一顶面斗帽的中年男人。这两人一见那五，交换一下眼色就站住了。男人问："先生，您找谁？"

那五说："有个编小说的……"

"嗯！"男人用嘴朝楼梯下面一努，有点扫兴地冲女人一甩头，两人走了。那五弯腰绕到楼梯下，才看见有个挂着竹帘的小房。门口用白梨木刻了个横额"醉寝斋"。

这房里外两间。里间什么样，因为太黑，看不清楚。外间屋放着一张和这房子极不相称的铁梨木镶螺钿的书桌。

两把第一监狱出产的白木苙椅子和一把躺椅。书桌上书报、稿纸、烟盒、烟缸、砚台、笔筒堆得严严实实。随着脚步声，从里间屋门口钻出一个又瘦又高、灰白面孔、留着八字胡的人来："您找谁？"

"醉寝斋主先生住这儿？"

"就是不才，请坐，您从哪儿来？"

"报社。主笔叫我取稿子来了。"

"噢，坐，坐，这两天应酬太多，忙懵懂了，把您这个苙忘了！"

"哎哟，就等您的稿子出版哪！"

"甭忙，您坐一会儿，现写也来得及，上一段写到哪儿啦？"

"啊？"那五并没看这几版小说，红了脸。斋主一笑说道："没关系，您不记得不要紧，我这儿有账！"

他坐到书桌前，从纸堆中拉出个蓝色的流水账本，翻了几页问："在您那儿登的是《燕双飞》吧？"

那五说："不，我们是《紫罗兰画报》，登的是《小家碧玉》。"

"《小家碧玉》。"斋主把账本掀到底，扔到一边，又拉过一本账来，翻了翻说，"啊呀，这《小家碧玉》到哪儿去了呢？噢，有了！"他又扔下这本账，从抽屉里找出本毛边纸钉的一厚册稿子，找到用金枪牌香烟盒隔着的一页，笑道："您好运气，不用现写，抄一段就完了。"马上铺下一张格纸，拿起毛笔，唰唰唰抄了起来。 那五临来受了指教，便把一张一元钱的票子捏在手中，转眼斋主把稿子抄好，叠起来放进信封，那五便把那一元票子放在了桌上。 斋主看了一眼钞票，却不动它，回身冲里屋喊道："来客人了，快沏茶呀！"

屋里走出个五十来岁的妇女，圆脸，元宝头，向那五蹲了蹲身说："早来了您哪，请坐您哪！ 这浅屋子破房的招您笑话。"就提起一把壶，伸手从桌上抄起那一元钱说，"我打水去。"

那五问道："我看外边的小报上，全在登您的小说，你同时写几部呀？"

"八九部！"

"全写好了放在那儿？"

"不，写一段登一段，登一段吃一段。"

"刚才我看这《小家碧玉》不是全本都写好了吗？"

"噢，那是二手活。"

"什么是二手活？"

斋主告诉他，有人写了小说，可是没名气，登不出去。也有人写来消遣，却不愿要这名气。 还有人写好了稿子，急着用钱，等不及一段段零登，他们就把稿子卖了，斋主买下来，整趸零售，能赚几分利！

那五奇怪地说："照这么说，只要有钱买稿，自己不动手也能出名喽？"

斋主说："当然。 这是古已有之。 明朝有个王爷，一辈子刻了多少部戏曲，没一个字是他写的！"

那五听了，眉开眼笑，拿真话当假话说："明儿一高兴我也买两部稿子，过过当名人的瘾。"

斋主正色说："像您这吃报行饭的，没点名气到哪儿都矮一头，玩不转，应该想办法创出牌子来。 再说买来稿子您总得看，不光看还要抄。 熟能生巧，没有三天力巴，慢慢自己也就会写了。 写小说这玩意儿是一层窗户纸，一捅就破。"

说来说去，斋主把一部才买到手的武侠小说《鲤鱼镖》卖给了那五。 要价一百大洋。 那五正拿着甘子千造的假画要去当，这下就更鼓起了兴头。 等他分到三百元当价后，从便宜坊出来就直接来到了"醉寝斋"，对斋主说："钱我是带来了，得先看看货啊。"

斋主说："您又老斗了不是？ 买稿子这玩意儿不能像买黄瓜，翻过来调过去看，再掐一口尝尝。 您把内容看在肚子里，放下不买了，回头照这意思又编出一本来我怎么办？ 隔山买老牛，全凭的是信用。"

那五把钱在手里掂了又掂，拿不定主意。 斋主一拍桌子说："罢了，我交你这个朋友了！"回身进里屋，从床下找出个破鞋盒子，在那里边掏出一本红格纸的稿本，拿到门外拍打拍打尘土，交给那五说：

"你先看看回目吧！"

那五看看回目，倒也火炽热闹。可掂掂分量，看看厚薄说：

"这哪能分一百段登啊？我一百块钱买下来，登三十段完了……"

斋主说："说您年轻不是？名利是一回事，可不能一块儿来。您不是先求名吗？这稿子写得好，保您一鸣惊人！出名以后再图利！"

那五把钱交了出去，夹着稿子出来，自己没顾上看就交给编辑部，请求逐段发表。马森收下，一放个把月，没有回音。他每次问，马森都说："还没看完，我看还不错。"可就不提发表的事。那五向陶芝打听消息。陶芝笑道：

"那人卖给你稿子，就没告诉你登稿子的规矩？"

那五问："我看咱们登醉寝斋主的稿子也没有什么规矩呀，不就发一段给一块钱吗？"

副主笔笑了起来，对他说："醉寝斋主好比马连良，是唱出名了的，他只要登台就不怕没人捧场。您哪，好比票友，票友唱戏不能挣钱，而要花钱。租场子自己出钱，请场面自己出钱，请人配戏自己出钱，临完还要请人吃饭、送票，人家才来捧场。演员唱戏为的是吃饭。票友唱戏是图出名，图找乐子！捧红了自然也能下海，可先得自己花钱打下底儿来。"

那五又掏出一百元，请陶芝给他开个名单，在宴宾楼请了一桌客，《鲤鱼镖》这才以"听风楼主"的笔名登载出来。 自这天起，有些朋友见面就叫他"作家"，祝贺他"一鸣惊人"，说是重振家声大有把握了。 那五嘴上谦虚，可心里就像装了四两烧刀子晕乎乎热腾腾，说话声音也变了，走道脚下也轻了，觉得二百大洋花得不屈。 尽管那张假画露了马脚，逼他又卖了套西服才填上坑。 有这成名成家的路子鼓劲，竟没挫了他的锐气。

小说登到七八段上，情形有点不对了。 不知是陶芝开的名单不全，怠慢了什么人，还是有人故意为难。 另外几家小报上，出现了评论《鲤鱼镖》的文章。 这些文章连挖苦带骂。 有说他偷的，有说他剽的，有说他"热昏妄语，不知天高地厚"的。 还有人查出来"听风楼主者，某内务府堂官之后也。 其祖上曾受恩于八卦门某拳师，故写小说贬形意而捧八卦"云云。 那五有点沉不住气。 他跑去找醉寝斋主。 问他说："您这稿子犯了点什么忌讳吧？ 怎么招来这么多闲话呀？"斋主这本稿子本是花了十块钱买的一位烟客的，自己并没看过。 就双手抱拳说："我说您一鸣惊人不是？ 这儿给您道喜哪！ 一有人挑眼您就快红了。 当初我专门花钱请人写稿骂我呢！ 你想想，光登小说，你的名字不是三天才见一回报吗？ 别人一评论，骂也好，捧也好，一篇文章中你这名字就得提好几回，还怕众人记不住？ 再说，天下之事，成破相辅，大凡有人骂的，相应就会有人捧，他们斗气儿，您坐收渔人之利，岂不大喜？"

那五听了，觉得确有此理，又转愁为乐。 可没乐了几天，这天一进编辑部，马森就递过一封信来说："五爷，这是您的信。咱们合作原本是好换好，您可千万别连累我们哥儿俩。给我们留下《紫罗兰画报》这块地盘混粥喝吧！"

口气这么重，那五自然是看作玩笑。等打开信封一看，他这才明白自己落在井口下，正往水深处坠呢。

这是一张宣纸八行朱栏，用浓墨行书写道：

"听风楼主那先生台鉴：兹定于本月初六，午后三时，在大栅栏福寿境土膏店烹茶候教。如不光临，谨防止戈。言出人随，勿谓言之不预也！"署名是"武存忠"。

他问马森："这武存忠好耳熟，是干什么的？"

马森没说话，把一张小报扔给他。那上边用红墨水圈了一篇小文章："武存忠年老体衰，力辞某县长镖师之聘！"下边说武存忠乃形意门传人，清末在善扑营当过拳勇，民国以后在天桥撂场子卖艺，"七七事变"后改行打草绳。近来有位县长以重金礼聘他去当保镖，他力辞不任。那五看完，马森加了一句："你听说前些年有个俄国大力士在中山公园摆擂台，谁要打败他，他让出十块金牌这件事不？"

那五说："不就是叫李存义扔下台去，摔折一条腿的那回吗？"

马森说："对了。武存忠是李存义的师哥！"

那五一听，后脊梁都潮了。带着哭声说："他见我一来劲，不得把我劈了吗？"

马森埋怨他说："登小说就登小说不结了，你胡扯八卦形意的门户之争干什么？"

那五说："老佛爷，我哪儿懂啊！ 那不是买来的稿本吗？"

陶芝见他怪可怜，就安慰说："你也别急，这路人多半倒讲情面。 你去了多磕头少说话，他见你服了软，也未必会怎么样。"

马森说："你可不能不去，你要不去他敢来把这客店拆了，到时候咱包赔不起！"

打这天起，那五三天之内没吃过一顿整庄饭，没睡过一宿踏实觉。

七

初六这天，偏又是大热天，晒得树叶发蔫马路流油。 他一步挪不了三寸地来到大栅栏。 从钱市拐进一个巷子，见一家门口大白瓷电灯罩上写着"福寿境土膏店"，就推门进去。 迎门却是个楼梯，阴暗、潮湿。 他上了楼梯，这才看见两边都挂着白布门帘。 掀开一个探探头，就有个中年胖子摇着蒲扇拦门坐着："您买烟？"

"我找个人，武存忠……"

"那边雅座二号。"

那五又掀帘进了另一间屋。 这屋是一长条房子，被两排木隔栅隔着。 每边四个小门，门上悬着半截布帘，帘上印着号头。 他找到二号，轻轻问了声："武先生在吗？"

里边没有动静。 这时过来个女招待，手中托着擦得锃亮的烟具，冲他努努嘴。 那五感谢地点点头，掀帘走了进去。屋子很小，只有一张烟榻一把椅子，但收拾得干净雅致。 榻上铺着凉席枕席，墙上挂着字画。 一个穿白竹布裤褂，胸前留着长髯的老人仰面躺着，两目微合，似睡非睡，似醒非醒。

那五轻声说："武先生，我遵照您的吩咐来了！"

老头连眼皮都没哆嗦一下。 那五迟疑片刻又退了出去，站在门外不知如何是好。 恰好那女招待又走了过来。 那五掏出一元钞票，往女招待围裙的口袋里一塞说："武先生高睡了。 您找个地方叫我歇歇脚，等他醒了叫我一声。"

女招待笑笑，用手指指二号门，摇摇手，推那五一把，径自走了。

那五第二次又进到二号房，一声不响地站在榻前等武存忠睁眼。 那五走了一路，早已热了。 偏这大烟馆的规矩是既不许开窗户，又不能安电扇的。 他站在那儿只觉着脸上身上，汗珠像小虫似的从上往下爬。 心里急得像有团火，却又不敢露出焦急相。 站了足有五分钟，看老头还没睁眼的意思，那五心一横就在榻前跪下了。

"武先生，武大爷，武老太爷！ 我跟您认错儿。 我是个混蛋，什么也不懂，信口雌黄。 您大人不见小人怪，犯不上跟我这样的人动肝火！ 我……"

老头绷着绷着，扑哧一声笑了出来。欠起身说："起来起来，别这样啊！"

"我这儿给您赔礼了！"那五就地磕了一个头，这才起来。武老头笑道："看你写得头头是道，还以为你是个练家子呢！"那五说："我什么也不是，马勺上的苍蝇混饭吃！"武老头问道："既是这样，下笔以前也该打听打听，不能乱褒乱贬哪。"那五说："哎哟我的大爷，跟您说实话吧，那小说也不是我编的，我是买的别人的，图个虚名。没承想惹您生了这么大气！"

老头哈哈笑了起来，那五一个劲服软，他早消了火了，口气和缓了一点说："你坐，会抽烟吗？"

那五坐下。武存忠问了他几句闲话。打听他家庭出身，听说他是内务府堂官的后人，不由得叹了口气。

"说起来有缘，那年我往蒙古去办差，回来时带了蒙古王爷送给你祖父的礼物。我到府上交接，你祖父还招待了我一顿酒饭。内院我当然见不着，就外院那排场劲我看了都眼晕哪！当时我就想，太过了，太过了！铁打的衙门流水的官，照这么挥金如土，是座金山也有掏空的日子。儿孙们不知谋生之难，将来会落到哪一步呢？你现在就凭胡诌乱扯混日子？"

那五红着脸点点头。

武存忠说："你还年轻，又识文断字，学点生计还来得及。家有万贯不如薄技在身。拉下脸面，放下架子，干点什么不行？ 凭劳动吃饭，站在哪儿也不比人低，比当无来优不强吗？"

"是您哪！ 我爸爸死得早，没人教训我，多谢您教训我。"

武存忠见那五虽然油腔滑调，倒也有几分诚心感谢他的意思，就说："我在先农坛坛根住。 攒钱买了架机器打草绳子。 你别处混不上了，上我这儿来，你又识字，我正少个帮手！"

那五心想，他可太不把武大郎当神仙了，我这金枝玉叶，再落魄也不能去卖苦力呀！ 可又不敢让武老头看出他瞧不起这行当，忙说："我现在还混得下去。 将来短不了麻烦您！"

武存忠看出他不愿意，也不再劝。 就告诉他小说这段公案算是了啦。 原来有几个师兄弟很不忿，当真想找到《紫罗兰画报》把那报社砸了，是他把事按住，决定先和这"听风楼主"谈谈再作道理。 他做主了结，别人也不会再缠着不放。 那五连声称谢，又鞠了几个躬，这才告辞。 武存忠挡住他说："别忙，既叫你来了不能叫你白来。 中国的武术是衰落了，国家不振，百业必定萧条。 不过各派里人才还是有一点。 你出去宣传宣传，也给咱们习武的朋友们壮壮气儿。老朽是没什么真本事的，给你表演个小招儿解闷吧！ 老三！"

这时隔壁就有人虎声虎气地应声："在！"

"点灯去！"

武存忠下榻，提上鞋，紧紧腰上的板带领头出了二号门。 这时走廊站着四五个汉子。 有两个年轻人搭过一张桌子来，女招待帮忙点上了三盏大烟灯。

这些精壮汉子，见了那五都互送眼色咧开嘴笑。 那五有点胆怯。 武存忠说："你甭担心，这都是我的徒弟。 本来我们以为你是会个三门科四门斗的，提防着要交手。 现在好了，和为贵，大家交个朋友吧！"

说话间就又聚来了几个闲人，把走廊围满了。

这大烟灯乃是山西出品，名叫"太谷灯"，一个个茶杯粗细，下边是个铜盏，上边的玻璃罩是用半寸厚的玻璃砖磨成，立在那儿像个去了尖的小窝头。 平常要俯首向下，对准那圆口才能吹熄。 女招待把它们点亮之后，一个徒弟就把它们从里向外摆成直溜溜的一排。 武存忠自己看了看，又亲自校正了一下位置。 然后退到五步开外，骑马蹲裆式站好，猛吸了一口气，板带之下腹部就鼓起个小盆。 武存忠稍稍晃了晃膀子，站稳之后，"呼"的一口把气喷出。 只见三个烟灯火苗一齐摇摆，挨次熄灭了。 两边看的人齐声喊了声"好"！

武存忠双手抱拳说："献丑献丑。 老了，不中用了。白招列位耻笑。"

那五两腿发颤，觉得连汗都变凉了。 他挣扎着雇了辆三轮，回到编辑部。 向两位上司报告这段险遇，两人听了同声祝贺，请他去丰泽园，要了几个菜，一壶酒，为他压惊。 席间马森把《鲤鱼镖》原稿奉还，说是不宜再往下刊登。 同时也表示，那五已成了著名人物，《紫罗兰画报》树矮难栖金凤凰，收回了那个珐琅的记者证章。

八

　　自从当记者之后，那五自己在南城租了间小房，和紫云断绝了来往。 这时眼看房钱既拿不出来，饭钱也没着落，厚着脸皮买了盒大八件，去看云奶奶。 哪知几个月没见面，情况大变。 老中医已经由于急症去世，院里一片凄凉景象。 紫云奶奶正在给人成盆地洗衣裳。 一见那五进门，就哭了，抽抽噎噎地说："我没照顾好你。 叫你吃不爱吃，喝不爱喝的，把你气走了。 可你也太心狠。 再不好我们不也是亲眷吗？ 那家的人还剩下谁呢！ 别看家业旺腾的时候大门口车轿不断流，一败落下来谁还认这门亲？ 咱俩不亲还有谁亲？"几句话说得那五鼻子也酸溜溜的，低低叫了声："奶奶！"这一声不要紧，老太太又哭了！ "哎哟，你别折我的寿。 你要心疼我孤苦伶仃的，打今儿就别走了。 我给人洗衣服做针线，怎么也能挣出两口人的吃喝来！ 等你成了家，我伺候你们两口子。 有了孩子，我给你看孩子，只要不嫌我下贱就成！ 叫什么随便！"

　　那五答应下来。 紫云高兴地连声念佛说："你只管待着，爱看书看书，爱玩就玩。只要你不走，我就有了主心骨了。你坐着，我给你打扫房子去！"

紫云把老中医住的房子给那五收拾好，叫他过来看，还有哪里不如意的，再给他拾掇。那五一看，屋中只有一床一桌一把椅子，倒也干净。外间屋还放着两个花梨木书架，上边堆满线装书。他随手翻了翻，除去些《灵枢经》《伤寒论》，就是几本《四书集注》《唐诗别裁》。紫云就说："别的全卖了发送老头了。就剩下这两架书，他的几个徒弟拦着不让卖，说要卖的话他们买，省得值仨不值俩地便宜了打鼓的。他们这一说，我琢磨兴许有值钱的书，就说等你来了再定。要卖要留等你的话。你拣拣，凡是你要的就留下，不要的送他们得了，老头临死，几个徒弟跑前跑后没少出力，我没什么报答人家的，这也算个人情。"

那五大大方方地说："您叫他们把书拉走，光把书架儿留给我就行。"

打这天起，紫云脸上有了点笑容。她把那五的衣裳全翻出来。该洗的，该浆的，补领子，缀纽扣，收拾得整整洁洁。有点余钱就给他几角，叫他到门口书摊上租小说看。那五租了几本《十二金钱镖》，看着看着，又想起醉寝斋主卖他稿子这事来，觉得不能这么便宜这老小子。这天推说要去看个朋友，向云奶奶要钱坐车。紫云把刚收来的两块钱工钱全给了他，说："出去散散心也好，省得憋闷出病来！可记住，别跟那些嘎杂子打连连，咱们是有名有姓的人家！"

　　一连气的粗茶淡饭，那五觉着肠子上的油都刮干了。 出门先到东四拐角喝了碗炒肝。 又到隆福寺吃了碗羊双肠。 这才坐电车奔珠市口。 来到醉寝斋，一掀帘，斋主趿着鞋忙迎了出来。 拉着手问："哟，您是发财了吧，怎么到处打听就问不出您的下落？"那五说："有您那本《鲤鱼镖》，我还能不发财吗？ 差点叫武存忠打折脊梁骨！"斋主说："这也怨你，哪有买来的文稿就一字不动往外登的？ 你把形意门八卦门这些词一改，编个什么雁荡派、剑门派不就百无一事了？ 这些旧话不用提，当前正有一注子财等你去取！"那五说："您可别拿我离嘻！"斋主说："信也罢不信也罢，你先坐一会儿，我去去就来。"斋主把那五稳住，倒上杯茶，走出门去，听脚步声是上了楼。 过了一顿饭时，一边说着一边领进一个人来："您不总想见见那少爷吗？ 今天碰巧驾临茅舍了！ 我介绍一下，这位是贾凤楼老板！"

　　那五认出是头次来时指给他们的那个中年男人。 忙站起身来，点了点头："咱们见过！"

　　"可不是吗？ 那天我眼睛一搭，就看着您出众！ 就看着您不凡！ 说句不怕您生气的话，我打心里不知怎么的就这么爱您！ 能让我当面和您叙谈一次，这辈子都不枉做人……"

　　"不敢当，不敢当，您太客气了！"

　　"这是打心眼里掏出来的真话！ 后来一打听，您敢情是那大人府上的少爷！ 我简直想打自己俩嘴巴；这么高贵的人物，我这种贱民怎么敢妄想攀附哪？"

斋主插言说："那少爷可就是文明开通，从不拿大！"

"是啊！我这高邻可再三介绍，说您不摆架子，最开通不过！我就说，您再来了，无论如何赏光到舍下去坐一会儿，咱们认识一下。"

那五说："您太抬爱了！我不过是沾祖上一点光，自己可是不成材的，您快坐！"

贾凤楼就笑着对斋主说："我看就请我那边坐吧。"

斋主对那五说："刚才我一提您来了，贾老板就派人叫菜，却之不恭，您就移步吧！"

那五推辞说："初次见面这合适吗？这么着，咱们上正阳楼，我请客！"

"不赏脸不是？"贾凤楼说，"我妹妹也想见您，要不叫她来劝驾？"

斋主就拉着那五胳膊，连搀带架，三人上楼去。

贾凤楼住着楼上四间房，他和他养妹各住一间，两间作客厅。凤楼把那五让进北边客厅。墙上悬挂着凤魁放大的便装照片和演出照片。镜框里镶着从报纸上剪下的，为凤魁捧场的文章。博古架上放着带大红穗子的八角鼓。一旁挂着三弦。红漆书桌蒙着花格漆布，放了几本《立言画刊》《三六九画报》和宝文堂出的鼓词戏考，戏码折子。茶几上摆着架带大喇叭的哥伦比亚牌话匣子。那五这才知道贾家兄妹是作艺的。坐下之后，斋主就介绍说："那少爷专听京评剧，不大涉足书曲界，您有空去听听，凤魁姑娘的单弦牌子曲，是正宗荣派，色艺双佳！"

那五欠身说："有机会一定领教。"

凤楼说："那少爷哪有工夫赏我们脸呢？舍妹的活儿太粗俗，有污耳音。"

"这可是客气话！"斋主一本正经地说，"凤魁不光艺术精湛，而且最讲情义，最讲良心。我常说，捧角儿的主儿要碰上凤姑娘，是修来的造化。"

那五心想：你别摆罗圈阵。捧大鼓娘我爸爸最拿手，我有这心也没这力！

这时一掀门帘，贾凤魁进来了。

贾凤魁今天没涂脂粉，只淡淡地点了点唇膏，显得比头次见面年轻不少，多说也不过十七八岁。穿了件半截袖横罗旗袍，白缎子绣花便鞋，头发松松地往耳后一拢，用珍珠色大发片卡住，鬓角插了一朵白兰花。她笑一笑，不卑不亢地双手平扶着大腿，微微朝那五一蹲身：

"迎接晚了，少爷多包涵，请那屋用点心吧。"

贾凤楼又把那五让到隔壁另一间客厅里，桌上已摆下了几个烧碟，一壶白酒，一壶花雕。

饮酒之间，无非还是说些奉承那五的话。那五几杯落肚，架子就放下来了。开始和贾凤魁说起逗趣的话来。凤魁既不接茬儿，也不板脸，仿佛她是个局外人。有时听他们说话拣个笑，有时两眼走神想自己的心思。

饭后贾凤楼又把客人往另一间客厅让。斋主推说赶稿儿，抢先溜了。凤魁要收拾残席，便告留下。那五也要告辞，贾凤楼拉住他说："我正有事相求，话还没说到正题上，您哪能走呢？"

那五只得又坐了下来。

贾凤楼让过一杯茶后，对那五说："如今有一注财，伸手可取，可就少个量活的，想借少爷点福荫。"

那五知道"量活"是做帮手的意思。就问："什么事呢？"

"有位暴发户的少爷，这些日子正拿钱砍舍妹。我们是卖艺不卖身的！"

那五说："可敬，可敬。"

贾凤楼说："话说回来，没有君子，不养艺人。人不能随他摆弄，钱可得让他掏出来。他们囤积居奇，钱也不是好来的，凭什么让他省下呢？"

那五说："有这么一说，可怎么才能叫他既摸不着人，又心甘情愿地花钱呢？"

贾凤楼说："得出来另一个财主，也捧舍妹，舍得拿钱跟他比着花！他既爱舍妹又要面子，不怕他不连底端出来。钱花净了还没压过对手，不怕他不羞惭而退！"

那五说："我明白了。您是叫我跟他比着往令妹身上扔钱！"

"着，着，着！"

那五一笑，嘲弄地说："这主意是极好，我对令妹也有爱慕之心，可惜就是阮囊羞涩。"

贾凤楼说："您想到哪儿去了？ 咱们是朋友，怎么说生分话？ 既叫您帮忙还能叫您破财吗？ 得了手我倒是要给您谢仪呢！"

那五这才郑重起来，精神抖擞地问："你细说说这里的门子。 谢仪我不指望，可我为朋友决不惜两肋插刀！"

贾凤楼说："有这句话，事情成了一半了。 打明儿起，您天天到天桥清音茶社听玩意去。 到了那儿自有人给您摆果盘子送手巾帕，您都不用客气。 等舍妹上台后，听到有人点段，您就也点。 他点一段您也点一段，他赏十块，您可就不能赏十块，至少也得十五，多点二十也行！"

那五说："当场不掏钱吗？"

贾凤楼说："当然得现掏，不过您别担心，到时候我会叫人把钱暗地给您送去。 我送多少，您赏多少，别留体己，别让茶房中间抽头就行！ 活儿完了，咱们二友居楼上雅座见面，夜宵是我的。 亲兄弟明算账，谢仪我也面呈不误！"

那五兴致勃勃地说："行！ 赌好吧！"

"不过……"贾凤楼沉吟一下，压下声音说，"此事你知我知，万不可泄露。 还有，您得换换叶子！"

"什么叫叶子？"

"就是换换衣裳。 您这一身，一看是个少爷。 少爷们别看手松，可底不厚，镇不住人。 因为钱在他老子手里。

花得太冲了还让人起疑。 您得扮成自己当家、有产有业的身份。"

"行!"那五笑道，"装穷人装不像，做阔佬是咱的本色!"

"要不我头一眼就看着您不凡呢!"

临走，贾凤楼把个红纸包塞在那五手中说："进茶社给小费，总得花点。 这个您拿去添补着用。"

那五客气地推辞了一下。 贾凤楼说："亲是亲，财是财，该我拿的不能叫您破费!"

九

那五回到家，却跟云奶奶说，有个朋友办喜事，叫他去帮着忙活几天。 云奶奶说："在家靠父母，出外靠朋友，朋友事上多上点心是好事。"那五说："可我这一身儿亮不出去呀! 想找您拆兑俩钱，上估衣铺赁两件行头。"云奶奶说："估衣铺衣裳穿不合体，再说烧了扯了的他拿大价儿讹咱，咱赔不起。 我这儿有爷爷留下的几件衣裳，都是好料子。 我给你改改，保你穿出去打眼。"说着云奶奶就给那五量尺寸，然后从樟木箱中找出几件香云纱的、杭纺的、横罗的袍子、马褂，让那五挑出心爱的，连夜就着煤油灯赶做起来。 那五舒舒服服睡了一觉，第二天一睁眼，衣裳烫得平平整整，叠好放在椅子上。 他兴冲冲地爬起来试着一穿，不光合体，而且样式也新——云奶奶近来靠做针线过日子，对服装样式并不落伍。那五穿好衣服过去道谢，云奶奶已经出门买菜去了。他自己对着镜子左顾右盼，确像个极有资财的青年东家，只可惜少一顶合适的帽子，没钱买，赶紧去剪剪头，油擦亮点，卷儿吹大点，也顶个好帽子使唤。

这清音茶社在天桥三角市场的西南方，距离天桥中心有一箭之路。穿过那些撂地的卖艺场、矮板凳大布棚的饮食摊，绕过宝三耍中幡的摔跤场，这里显得稍冷清了一点。两旁也挤满了摊子。修脚的、点痦子的、拿瘊子的、代写书信、细批八字、圆梦看相、拔牙补眼、戏装照相。膏药铺门口摆着锅，一个学徒耍着两根棒槌似的东西在搅锅里的膏药，喊着："专治五淋白浊，五痨七伤。"直到西头，才看见秫秸墙抹灰，挂着一溜红色小木牌幌子的"清音茶社"。门口挂着半截门帘，一位戴着草帽、白布衫敞着怀的人，手里托个柳条编的小笸箩，一面掂得里面硬币哗哗响，一面大声喊："唉，还有不怕甜的没有？还有不怕甜的没有？"

那五心想："怎么，这里改了卖吃食了？"

可那人又接着喊了："听听贾凤奎的小嗓子吧！绷瓷不叫绷瓷，品品那小味吧！旱香瓜、喝了蜜，良乡栗子大鸭梨、冰糖疙瘩似的甜喽……"

灰墙上贴满了大红纸写的人名，什么"一斗珠""白茉莉"，有几个人名是用金箔剪了贴上的，其中有贾凤奎。

那五伸手一掀帘，拿笸箩的人伸胳膊挡住他问道："您贵姓？"

"我姓那呀，怎么着，听玩意还要报户口……"

那人并不理会那五的刺话，只把布帘一挑，高声喊道："那五爷到！"

里边就像回声似的喊了起来："那五爷到！""五爷来了，快请！""请咧！"有两三个茶房，一块儿拥过来。先请安后带路，把那五让到正中偏左的一个茶桌旁，桌上已摆满了黑白瓜子，几片西瓜。一个茶房送来了茶碗，紧接着就有人送上一块洒了香水的热毛巾。那五伸手去接毛巾，一卷软软的东西就塞到了他手心上。那五擦过脸，低头一看，二十元纸币包着一张字条，上写《风雨归舟》。

那五定下神来，这才打量这茶社和舞台。

茶社不大，池子里摆着七八张桌子，桌子上多半有果盘。靠后边几桌空着。前边桌子，多半都坐着三五个人。只和他斜吊角靠台边处的一桌上，也是单人独坐。看来比那五还小几岁。西服革履，结着大红底子绣金龙的领带。两廊和后排，全是窄条凳。那儿人倒是挤得满满的，不过一到段子快煞尾，就呼呼地往外走。等到打钱的过去，又呼呼地坐进来。

这舞台是没有后台的。台后墙上挂了些"歌舞升平""声遏青云"之类的幛幅，幛幅下边沿着半月形放了十来把椅子，椅子上坐着各种打扮、浓妆艳抹的女人。台前尽管有人在表演，坐着的人仍不断向台下点头、微笑、打招呼。

这时台上一个胖胖的女人，正在唱梅花大鼓"黑驴段"。她唱完，檀板一撂，歪着头鞠了个躬。台下响起掌声。几个茶房就举着笸箩向两廊和后排冲去，嘴里喊着："钱来，钱来！谢！"台口左边，像药店门口的广告板似的也竖着一块板，上边搭着白粉连纸写的演员姓名，在这纷乱声中，捡场的走过去掀过去一张，露出"贾凤魁"三个大字。这名字一露，那穿西装的青年就喊了一声："好！"随即伸起胳膊招了招手，一个茶房赶过去，弯着腰听他吩咐了几句什么，接过钱飞快地从人丛中钻到台口，抄起一个方木盘，捧着走上台高声喊："阎大爷点《挑帘裁衣》，赏大洋十元！"台上坐着的女人，台下奔忙的茶房，立刻齐声喊道：

"谢！"

贾凤魁从座上袅袅婷婷走到台中，笑着朝那青年鞠了躬。

今天贾凤魁换了身行头，蛋青喇叭袖小衫，蛋青甩腿裤子，袖口、大襟、裤口都镶了两道半寸宽的绣花边，耳后接上假发，梳了根又粗又亮的大辫子，红辫根，红辫梢，坠了红流苏，耳朵上戴着一副点翠珠花长耳坠。那五心想："难怪方才坐下时没认出她来！"

正在出神，肋岔上叫人捅了一下。回头一看，是送毛巾的那个茶房：

"五爷！"茶房朝那二十元钞票努努嘴。

他急忙点头，把那卷钞票原封不动又给了茶房。 茶房正步奔上台口，拿木盘托着跑上台喊："那经理点个岔曲《风雨归舟》，赏大洋二十块！"

台上台下又是一声吼。 贾凤魁走上台前，朝那五鞠了一躬，笑嘻嘻不紧不慢地说了声："经理，我们这儿谢谢您哪！"

人们嗡嗡地议论成一片。 唰地一下把视线投向了那五。那西装青年站起身来虎视眈眈朝那五盯了一眼，台上响起弦子声这才坐下。 一霎时，那五感到自己又回到了家族声势赫赫的时代。 扬眉吐气，得意之态不由自主尽形于色。 刚进门时候那股拿架子演戏的劲头全扫尽了，做派十分大方自然！

从这儿开始，茶房就拿着那二十元钞票一会儿放在盘子里送到台上，一会儿悄没声地装作送手巾给那五塞到手中，走马灯似转个六够。 后来那位阎大爷大概把带来的钱扔干净了，就气哼哼地拍桌子往门外走。 茶房一连声地喊："送阎大爷！"阎大爷回眼扫了一下那五，放大嗓子说："明天给我在前边留三个桌子，有几个朋友要一块儿来给凤姑娘捧场！"

那五听了这几句话，浑似三伏天喝了碗冰镇酸梅汤，打心里往外痛快。 这几个月处处受人捉弄，今天也算尝到了捉弄人的美劲，连在画儿韩那儿受的闷气似乎都吐出来了！ 不过随着这位冤大头出门，茶房取走那二十块钱再没往回送。

没过够摆阔的瘾头。 他勉强又听了两个段子，感到没兴头了，茶房送话儿来，贾凤楼正在"二友居"等他。 他把几毛小费摆在桌上，起身走去。 那茶房一边收钱一边又喊了声："那经理回府了！"他就在"送"的喊声中出了门。

贾凤楼在二友居门口等着那五，一路上楼一路说："天生来的凤子龙孙，那派头学是学不像的！ 您可帮了大忙了！"

虽说就两人吃夜宵，菜可叫了不少。 临分手贾凤楼又塞给那五一个红包。 到洋车上打开一看，原来就是那五使了多少遍的二十元钞票。 那五算算，那位冤大头今天一晚上少说赏了也有一百五十块，分这点红未免太少。 又一想，那家少爷跟这种下九流争斤论两有失身份，会叫他小看。 忍了吧，捧角儿还挣钱，也算一乐！ 路过"信远斋"，他下车买了两盒酸梅料。 云奶奶正给他等门。 他把酸梅料送进堂屋说："给您尝尝鲜！"云奶奶乐得眼睛眯成一条缝。 忙问：

"哪儿来的钱？"

"打牌赢的！"

"往后可别打牌，咱们赢得起可输不起，欠赌账叫人笑话。 蚊子轰了，帐子撂下来了，冲个凉快歇着吧！ 大热的天够多累呀！"

✝

那五连着上清音茶社去了十多天，阎大爷少说花了也有一千多块钱。这天竟干脆提个大皮包走了进来。一来一往点了足有十几段。天就耗晚了。警察局有夜禁令，不许超过十二点散场。管事的和贾凤楼下来说情，请二位爷明天再赏脸。那五摇了几下脑袋，算是应允了。阎大爷却不依不饶："你们不是就认识钱吗？大爷没别的，就几个闲钱，还没花完呢！"

这时园子乱了，艺人们也纷纷下了台，凤魁悄没声地走到那五身后拉他一把说："要出事了，你还不快走！"那五这才从梦里醒来，急忙钻出了茶社。

那五来到门外，才觉出夜已深了。两边的小摊早已收了个一干二净。电车也收了。天桥左边又黑又背，他有点胆怯，就清了清嗓，唱单弦壮胆儿。

"山东阳谷县，有一个武大郎。身量儿不高啊二尺半长。跐着那板凳儿还上不来炕……"

"有跟车的没有？"一辆双人三轮从身后赶了上来。上边坐着一个穿灰裤褂的人，打着鼾声，脑袋摆来摆去。三轮车夫冲那五问："上东城去的再带一个啊，收车了少算点！"

那五正想乘车，就问："少算多少钱？"

"一块钱到东单！"

"一块还少算！"

"您往前后看看，花两块叫得着车叫不着？ 在这地方一个人溜达？ 不用碰上黑道儿上的哥儿们，碰上巡逻队查夜，你花一块钱运动费能放您吗？"

拉车的嘴里说话，可并不停车，露出有一搭没一搭的派头。 车已超过那五去了，那五叫道："我也没说不坐，你别走哇！"

三轮这才停下，推推车上那位说："劳驾，边上靠靠，再上一个人！"

"什么再上一个人？"那人含混不清地说，"你一个车拉几份客？"

"两份。 您没看是双座的吗？"三轮车夫连推带搡，把那人往边上挪了挪，扶那五上去坐稳当，把车飞快地蹬起来。 车出了东西小道，该往北拐了，他却一扭把向南开了下去。

"喂，拉车的，"那五喊道，"上东城，你往哪儿走！"

"老实坐着！"那睡觉的客人一把抓住那五的手，另一只手就掏出把亮晃晃的家伙杵在那五腰上，"再出声我捅了你！"

"哎哟，您……"

"住嘴！"

那五虽说住嘴了，可他哆嗦得车厢板咔咔直响，比说话声儿还大。 拿刀的人捎了他大腿一把说："瞧您这点出息，可惜二十多年咸盐白吃了！"

这车左拐右拐，三转两转来到一条大墙之下。 这里一片树林，连个人影都没有。 拉三轮的停了车，握刀的抓住那五胳膊把他拽下车来说："朋友，漂亮点，有钱有表掏出来吧！"

那五语不成声地说："表有一块，可是不走字，您爱要请拿走。 钱可没有多少，我出来就带了两块钱车钱。"

拉三轮的说："大少爷，没钱能捧角儿吗？ 我盯了你可不止一天了！"

拿刀的说："少费话，搜！"

搜了个一佛出世二佛生天，果然只有两块钱，一块连卖零件也没人要的老卡字表。 拿刀的一怒啪啪打了那五两个嘴巴，厉声说："把衣裳脱下来！"

那五从里到外，脱得只剩一条裤衩。 然后就垂手站在那儿乱颤。 现在他不害怕了，可觉着冷了，上牙直打下牙。

拉三轮的说："皮鞋！"

那五说："您留双鞋叫我走道啊！"

拿刀的说："往哪儿走？ 上派出所报告去？ 脱下来！"

那五弯腰脱鞋，只觉后脑勺叫人猛击了一掌，就背过气去了。 等他醒来，发现鞋倒还在脚上。 可天还不亮，赤身露体的上哪儿去呢？ 只好站起来活动活动筋骨，浑身冻得都透心凉了。

慢慢地有了脚步声，有了咿咿呀呀喊嗓儿声。 "我说驸马，你来到我国一十五载……"有人一边说白一边走了过来，听声儿是个女的。 那五赶紧又躲到树后头。 约莫过了半个时辰，天渐渐透白了，有个人弯腰驼背地从他身后慢慢走了过去，那五喊了声："先生……"

那人停下来，朝这边望望，走了过来。 那五眼尖，还差六七步远就认出来是拉胡琴的胡大头！

"胡老师！"那五哇的一声哭了起来。

"怎么着？ 那少爷呀？ 怎么总不来园子采访了？ 上这儿练功来了！ 哭什么？ 云奶奶老了？"

"哪儿啊，我叫人给扒光了！"

"咳，这是怎么说的！"胡大头赶紧把自己大褂脱下来给那五披上，可他里边也只有一件没有袖儿的汗背心。 看看那五，又看看自己说："不行，这一来不光您动不了窝，我也没法儿见人了。 这么着，你先在这儿等会儿。 我找左近人家去借件衣裳。 你可别乱动。 要不叫巡警看见说你有伤风化，还要罚大洋五毛！"

"这是到了哪儿了？ 还有巡警吗？"

"嗨，您怎么晕了，这不是先农坛嘛！"

胡大头又把褂子要回去，穿得整整齐齐走了。 那五端详一下方位。 冤哉，这儿离清音园只隔着一道街，记得东边把角处就有个挂着红电灯罩的派出所！ 这时天大亮了，喊嗓的、遛弯的越来越多。 那五躲在树下再也不敢动弹，那模样不像被人扒了，倒像他偷了别人的靴掖子！

<h1 style="text-align:center">十一</h1>

不到一顿饭时，胡大头领着武存忠来了，武老头还有老远就喊："人在哪儿呢？ 人在哪儿呢？"那五闻声站了起来。 武存忠定神一看，哈哈大笑。 将着胡子说："我当是谁呢，听风楼主啊，怎么上这儿喝风来了？ 快穿上衣裳嘛！再冻可成了伤风楼主了！"

那五接过武存忠的包袱，一看是块蓝粗布，先皱了皱眉头。 打开再一看，是一身阴丹士林布裤褂，洗得泛了白，领子上还有汗渍，又吸了口气。 武存忠说："这是我出门做客的衣裳，您将就着穿。 干净不干净的不敢说，反正没虱子。"那五穿好衣裳，武存忠就请他们一道到家去吃点心。那五问："你们二位早就认识？"胡大头说："我天天在这坛根遛弯，常去看老先生打绳子，见面就点头，没说过话！"

武存忠的家就在坛根西边。 远对着四面钟，门口一片空场，堆着几垛稻草。 稻草垛之间，有两帮人练武。 一帮是几个半大孩子，由一个青年人领着练拳。 那青年手里拿根藤棍，嘴里叫着号："崩，劈，钻，炮，横！"另一帮是两个小丫头自己在练剑。一边自己念叨："仙人指路，太公钓鱼……"武存忠一边走路，一边指点："小辛，剑摆平，别耷拉头！""你们那炮拳怎么打的！高射炮啊！冲鼻子尖打！"说着话领他们进了个门道，门洞里就摆着架用脚踩的打绳机，地上放了好几盘才打好的粗细草绳。武存忠领他们穿过这里，走进一间小南屋。南屋迎门放好了炕桌，小板凳，桌中间摆了一盘鬼子姜，一盘腌韭菜，十来个贴饼子。武存忠在让座的工夫，他老伴又端来一盆看不见米粒的小米汤。

"没好的，就是个庄稼饭，"武存忠说，"那少爷也换换口味！"

那五生长在北京几十年，真没想到北京城里还有这样的地方，这样的人家，过这样的日子。他们说穷不穷，说富不富，既不从估衣铺赁衣裳装阔大爷，也不假叫苦怕人来借钱，不盛气凌人，也不趋炎附势。嘴上不说，心里觉着这么过一辈子可也舒心痛快。

他问："武先生还有点嗜好？"

武存忠说："你是说抽大烟？我哪有那个福气，上一回是借地方办事，图那种地方不惹眼！我打一天绳子不够俩烟泡钱，一家人喝西北风去？也当喝风楼主吗？"

那五也笑了起来。喝了几口米汤，他缓过点劲来，吃了口饼子，也觉着满口香甜。凑趣说："您这嚼谷还真是味，明儿我真来跟您学打绳子吧！"

"您吃不了那个苦！ 细皮白肉的，干一天手心上就磨得没皮了。 您看看我这手是什么手？"

武存忠把一只小蒲扇似的手伸到那五面前，那五摸了把，"哟"了一声，真是又粗又厚。 光有茧子没有皮，比焊水壶的马口铁还硬实。

胡大头问那五怎么会遇上恶人的。 那五不好意思说和贾家兄妹联手做套摆弄人，只说听大鼓散场晚了，如何如何。 大头问他在哪儿听的大鼓。 那五说："清音茶社。"

大头摇了摇头说："唉！ 听大鼓东城有东安市场，西城有西单游艺社。 这清音茶社可是您去的地方吗？"

那五说："反正消遣，哪儿不是唱大鼓呢？"

大头说："唱与唱可大有分别。 清音茶社里献艺的是什么人？ 有蹚河卖唱的，有的干脆就是小班的姑娘。 还有是养人的买了孩子，在这儿见世面！ 光叫人抢了几件衣裳还真便宜了！"

那五一听，暗中直咋舌，没想到这里还有许多说道。 武存忠听到这里，笑笑说："您要说的是实话，这几件衣裳也许还能找回来。"

那五一听，喜出望外："老先生有把握？"

"那倒不敢说。"武存忠说，"多少有点路子。 这天桥管界的合字号朋友，都跟派出所联着，他们有个规矩，不论抢来的偷来的，是现钱是衣物，十天之内不会动它，防备派出所有人来找。 过了十天，他们或是卖或是分，照例给局子里一份喜钱。"

那五说:"那么我马上去报案。"

武存忠说:"只要一报案,当天可就销赃。东西留着不是等报案,凡是报案的都是没门子的。"

那五说:"那怎么办呢?"

武存忠说:"我也不知道怎么办,不过可以托人打听一下。还是那句话,得是偷的抢的。若是报私仇,斗势力,后边别有背景,派出所管不到这个范围,所以我问你是不是实话。"

那五脸红一阵,摇摇头说:"话是实话。东西不用找了,这点玩意儿我买得起,犯不上再劳您费心。"

武存忠笑笑,再没说什么。

吃过饭,胡大头就要送那五回家,那五心想穿这一身苦大力的衣裳进城,难以见人,就说:

"我把衣裳穿走怎么办,不耽误武老先生用吗?麻烦您上云奶奶那儿给我取一身衣裳来。我在这儿等着。"

武存忠不明白那五的心理,忙说:"你穿走吧,有空送来,没空先放在那儿,我不等穿。"

大头明白那五的意思,心里嫌他这股死要排场劲,就说:"不瞒您说,我送您回家是顺路上票房去说戏。下午、晚上又都上园子,我哪有空再来接您呢!作艺吃饭的人,工夫就是棒子面,我哪有半天的闲工夫?"

那五只得和胡大头一同告辞。出来时草绳机已经开动了。 只见满屋尘土草屑，呛得睁不开眼，那个叫号练拳的小伙子赤着胸背，一边踩踏板，一边往机器里续草。 那两个练剑的小姑娘头上包了毛巾，蹲在地上盘绳子。 那五看了看，觉着实在不是他能干的营生。 疾走几步穿过那过道，让武老先生留步。

武存忠拉住那五的手说："我和您祖父有一面之缘，又比您虚长几岁，我就卖卖老，嘱咐您几句话。"

"您说，您说。"

"依我看家业败了，也未见得全是坏事。 咱们满族人当初进关的时候，兵不过八旗，马不过万匹。 统一天下全靠了个人心向上立志争强。 这三百年养尊处优，把满洲人那点进取性全消磨尽了，大清不亡，事无天理。 家业败了可也甩了那些腐败的门风排场，断了四体不勤五谷不分的命脉，从此洗心革面，咱们还能重新做个有用的人。 乍一改变过日子的路数，为点难是难免的，再难可也别往坑蒙拐骗的泥坑里跳。 尤其是别往日本人裤裆下钻。 宣统在东北当了儿皇帝，听说北京有的贵胄皇族又往那儿凑。 你可拿准主意。 多少万有血性的中国人还在抗日打仗。 他们的天下能长久吗？ 千万给自己留个后路！"

那五说："这您倒放心。 政界的边我是一点也不敢沾。 我没那个胆量！"

武存忠几句话说得那五脸上直变色，越琢磨越不是滋味。 他忽然感觉到：原以为自己与贾凤楼合伙捉弄人的，到头来倒像是自己叫人捉弄了。原来自己不光办好事没能耐，做坏事本事也不到家！不由得叹了口气！

胡大头错会了意，就说："武先生说的是好话，你别挂不住。依我看，你也该找个正当职业，老这么没头苍蝇似的不是办法！前些天听说你又辞了画报的事。这我倒赞成。那些报棍子吃艺人、喝艺人，还糟蹋艺人，梨园界没有人不骂的！"

那五说："就算我想改弦更张，干什么去好呢？"

胡大头说："只要拉下脸来，别看不起卖力气活，路还是有的。"

那五想了想："您教我唱戏怎么样？"

大头笑了出来，说道："少爷呀少爷，您算是江山好改禀性难移了。这张口饭是这么好吃的吗？坐科是八年大狱呀！出来还要再认师傅，何况您都这么大岁数了。按我跟府上的交情，给您说几出戏算什么，可那能换饭吃吗？"

那五说："我也不求下海，也不想成名。能会几出在票房混混，分俩车钱，拿个黑杵儿就行！我小时候跟我爸爸学了几段，您不还说过我有本钱吗？"

胡大头看出这那五是不会安分守己一本老实地谋生活了，便不再进言。

云奶奶见那五半夜没回来，急得整宿没睡，一早起来就给菩萨上香，祷告许愿，求佛爷保佑少爷别出差错，让她死后难见老太爷，看到那五这么个打扮回来了，城不城乡不

乡，粗布裤褂又大又肥，脚下却一双锃亮新皮鞋，实在哭不
得笑不得。 及至听说他遇了险，又哆哆嗦嗦地劝告，求那五
安生在家，再也别去惹祸。 她拿衣裳给那五换过。 把武存
忠的衣裳洗干净，压板正，又不声不响放了两块钱在那衣裳
口袋内，等武存忠来取。 过了两天，胡大头来了，说是来东
城票房说戏，顺便把衣裳给武老头带回去。

云奶奶说："又劳动您了不是，好歹赏个脸，吃了饭再
走，要不我心里不落忍。"

胡大头在府里原是见过这姨奶奶的，也就不客气。 喝茶
的工夫，那五又提学戏的事，大头哼哼哈哈，不说准话。 过
一会儿那五出去买菜了，云奶奶就问："刚才怎么个话头
儿？"

大头就说那五想跟他学戏。 "老太太，您想想十年能出
个状元，可未必出个好戏子，他这么大岁数了，能吃那个苦
吗？ 这不是又云山雾罩吗？"

云奶奶说："胡大爷，看在我面上，您收他吧。 我不求
他能挣钱，只要有个准地方去，有件正经事拴住他，他没空
再去招三惹四，您就积了大德了！"

大头想了一想，等那五回来时，就对他说："您要学戏
也行，一是进票房跟大伙一块儿学，我不单教；二是你可别
出去说你是我的徒弟！"

那五说："这都依您，就这票房得出钱，我有点发
怵！"

　　大头说："这你放心，我带着你去，他们不能收费。"

　　从此那五就学了京戏。

十二

　　这票房有穷富之分，票友有高下之别。 一等票友，要有闲，有钱，还要有权。 有闲才能下功夫，从毯子功练起；有钱才能请先生，拜名师，置行头；有权才能组织人捧场，大报小报上登剧照，写文章。 二等的只有钱有闲，也能出名，可以租台子，请场面，唱旦的可以花钱拜名师。 然后请姜妙香、言菊朋等名角傍着唱。 三等的既无钱又无权，也要有个好嗓子，有个刻苦劲，练出点真本事，叫内外行都点头，方能混饭吃。 那五算哪一等呢？ 他只是跟着胡大头，作为朋友，到票房玩玩。 跟着转了两年，学会几出不用多身段的戏：《二进宫》《文昭关》《乌盆记》。 别人花钱租行头、赁场子也没有让他过瘾的道理，所以一直没上过台。

　　日本投降前，云奶奶给人洗洗缝缝，还能挣口杂合面。国民党一回来，贪污盗窃，投机倒把，苛捐杂税，没有谁做新衣裳了，也没有谁把衣服送出去洗了。 只得让那五搬到北屋与她同住，南房腾空，贴出一张招租的条儿去。 这时房子也并不好租。 因为解放军节节胜利，有钱人、当官的纷纷南逃，空下不少房子。 普通百姓能将就则将就，物价一天三涨，谁还有心搬家换房？ 云奶奶当尽卖空，三天两头断顿儿了。

那五没机会上台，总得想法混饱肚子。那时社会上不光有唱戏的票友，还有"经历科"的票友，专门约台余演员凑堂会。那五先是经这些人介绍到茶馆唱清唱，后来又上电台去播音。茶馆只给很少一点车钱，电台连车钱也不给，但是可以代播广告收广告费。三个人唱《二进宫》，各说各的广告。杨波唱完"怕只怕，辜负了，十年寒窗，九载遨游，八进科场，七篇文章，没有下场"，徐延昭赶快接着说："妇女月经病，要贴一品膏，血亏血寒症，一贴就能好。"徐延昭唱完"老夫保你满门无伤"，杨波也捯气似的忙说："小孩没有奶吃是最可怜的了，寿星牌生乳灵专治缺奶……"

电台有个难得的好处，就是广播时报名。唱上几回，那五的名字在听众中有了印象。南苑飞机场的地勤人员办个业余剧团，请正式的艺人来教戏没人敢去，转而找到电台。请清唱的人去教。说好管吃管住，一月给两袋面。那五一想，这比在电台磨舌头有进项，就应邀去了南苑。到那儿一看，所谓管住，不过是在康乐部地板上铺个草垫子，放两床军毯。而管吃呢，是开饭时上大灶上领两个馒头一碗白菜汤。想不干吧，又怕得罪老总们挨顿臭打。硬着头皮待下来了。好处也是有的，大兵们个个是老斗，你怎么教他怎么唱，决不会挑眼。那五教了一个月，还没教完一出《二进宫》，解放军围城了。两边不断地打枪打炮。他一想不好，再不走国民党拉去当了兵可不是玩的，就是押去挖战壕也受不了！死说活说要下两袋面来，离开飞机场，找个大车店先住下。这两袋面怎么弄走呢？跟大车吧，已经没有奔城里去的车了。雇三轮吧，三轮要一袋面当车钱，他舍不得。等他下狠心花一袋面时，路又不通了。急得他直拍着大腿唱《文昭关》。唱了两天头发倒是没白，可得了重感冒。接着又患痢疾。大车店掌柜心眼好，给他吃偏方，喝香灰，烧纸，送鬼，过了一个多月才能下地，瘦得成了人灯。他那一袋面早已吃净，剩下一袋给掌柜做房钱。掌柜的给他烙了两张饼送他上路。就这么点路，他走了三天才到永定门。

来到家门口，大门插着，拍了几下门，里边有了回声，一个女的问："谁呀！"

那五听着耳熟，可不像云奶奶。看看门牌，号数不错。就说："我！"

"你找谁？"

"这是我的家！"

门哗啦一下打开了，是个年轻的女人。两人对脸一看，都哟了一声。还没等那五回过味来，那女人赶紧把门又推上了。那五使劲一推门，一个跟跄跌进门道里，那女人赶紧又把门关上，插好，朝那五跪了下去。

"五少爷，咱们远无冤近无仇的，您就放我条活路吧。以前的事是贾凤楼干的，我是他们买来挣钱的，没有拿主意的份儿呀！"

"别，别，凤姑娘，您这是打哪儿说起。我没招您惹您，您怎么找到我家里来了？"

云奶奶这时候赶到。直着眼看了一会儿，先把凤魁拉起来，又把那五扶起来。把两人都叫进屋，才问怎么档子事。那五说："我差点没死在外头，好容易挣命奔回来，我知道是怎么档子事？"

凤魁这才知道那五确是这一家的人，不是来抓她的，后悔吓晕了头，再也瞒不住自己身份了。这才说她租云奶奶房住时隐瞒了真情。她从小卖给贾家，已经给他们挣下了两所房子。现在外边城围得紧，里边伤兵闹得凶，没法演唱了，贾家又打算把她卖给石头胡同。楼下醉寝斋主暗暗给她送了信，她瞅冷子跑出来的。先在干姐妹家藏着，后来自己上这儿找了房。说完她就给云奶奶跪下磕头说："我都说了实话了。救我一命也在您，把我交给贾家图个谢礼也在您！我不是没有良心的人，您收下我，这世我报不了恩，来世结草衔环也报答您。"

云奶奶叹口气，拉起凤魁说："我也是从小叫人卖了的。要想害你早就把你撺出去了。你一没家里人看你，二没有亲朋走动，孤身一人，听见有人敲门就捂心口，天天买菜都不出门，叫我给你带，我是没长眼的？早觉着你有隐情了，只是看你天天偷着哭鼻子抹泪，咱娘俩又没处长，我不便开口问就是了。我没儿没女，你就做我闺女吧。不修今世修来世，我不干损德事！"

凤魁痛痛快快地叫了声："妈！"娘俩搂着哭起来了。那五说："你们认亲归认亲。这凤姑娘总这么藏着也不是事，纸里还能包住火吗？"

云奶奶说："你看这局势，说话不就改天换地了？那边一进城，这些坏人藏还藏不及，还敢再找人，放坏？"

那五沿途过了解放军几道卡子，看到了阵势。点头说："这话不假，那边兵强马壮，待人也和气，是要改天换地的样儿。"

云奶奶问凤魁和那五是怎么认识的。凤魁不肯说，云奶奶生了气："你还认我这妈不认了？"

凤魁说："少爷就是听过我的玩意儿。"

云奶奶说："不对，那不至于一见面你就吓得跪下！"

凤魁无奈，只好遮遮掩掩地说了一下那五架秧子的经过。云奶奶脸上红一阵白一阵什么也不说，只是拿眼看看那五。那五在一边又搓手，又跺脚，还轻轻地打了自己一个嘴巴说：

"我也叫人蒙在鼓里了不是！"

凤魁也替那五开脱说："这都是贾凤楼的圈套，五少爷是不知细情的！"

云奶奶朝门外作了个揖说："那家老太爷您也睁眼瞅瞅。这大宅门里老一代少一代净干些什么事哟！"

凤魁很讲义气，把她偷带来的首饰叫那五拿出去变卖了，三口人凑合生活。又过了个把月，北平和平解放了。

云奶奶和凤魁这才舒了口气，可就是那五仍然愁眉不展的。凤魁问他：

"有钱有势的地痞恶棍怕八路，是怕斗争、怕共产。您愁个什么劲呢？"

那五说："你不出去，你也没看布告。按布告上讲，八路军在城市不搞乡下那一套。有钱的人倒未必发愁，可就是我没辙呀！八路军一来，没有吃闲饭这一行了，看样不劳动是不行了。"

凤魁说："您还年轻，学什么不行？拉三轮、淘大粪什么不是人干的？您读书识字，总还不至于去淘大粪吧！"

"说得也是，我就担心没有人要我。"

十三

过了些天，段上的巡警来宣布：凡是在北京的国民党军政人员，全算起义。在家眯着的可以到登记站报到。能分配工作的分配工作，要遣散的可以领两袋白面和一笔遣散费。那五在街上看着穿军装的八路和穿灰制服的干部，待人都挺和气，就把他从飞机场捡来当小褂穿的一件破军装叫云奶奶洗了洗，套在棉袄外边，坐车上南苑登记站去。登记站门口排了好长的队。老的、少的、瞎子、瘸子都有，个个穿着破军装。那五就在后边也排上。好大工夫他才进了屋。屋里一溜四个桌子，每个桌子后边都坐着军管会的人。那五看到最后一张桌是个十几岁的小兵，就奔他去了。

"劳您驾，我报个到。"

"叫什么名字？"

"那五。"

"哪个部门的？"

"南苑飞机场，我是国民党空军。"

"什么职务？"

"教员！"

那小兵去到身后，从一大沓名册中找出一本翻了一遍，放下这本换了一本，又翻了一阵。

"你是什么教员？"

"唱戏的教员。"

"归哪一科？"

"没有科，票房的！"

这时另一个桌上有个四十多岁的人就走了过来，上下看看那五说："一个月多少饷？"

那五说："管吃管住，一个月两袋面。"

四十多岁的人对那小兵说："你甭翻了，国民党军队没这么个编制！"又对那五说："要有军籍才算起义士兵，你不在册。"

那五说："那么我归谁管呢？ 也得有个地方给我两袋面吧？"

四十多岁的说："你教什么戏？"

"国剧！ 我唱老生。 这么唱：千岁爷……"

"知道了，你上前门箭楼，那儿有个戏曲艺人讲习会，他们大概管你！"

面虽没领到，可是摸到了解放军的脾气，这些人明知你是唬事儿，也不打你骂你。 那五挺高兴。 回家把军装脱了，又换上件棉袍，坐电车奔了前门。

前门对着火车站，人山人海。 还有人在箭楼下沷了个冰场，用席围起来卖票滑冰。 他好容易才找着道上了楼梯。刚一进楼，就碰上一个二十多岁、白白净净、浑身灰制服又干净又板正的女干部。 她问那五："您找谁？"

"听说这儿有个艺人学习班，我来登记。"

"噢，欢迎，进屋吧。"

原来门楼里还隔开了几间屋子。 那五随女干部进了把头的一间。 女干部在窗前坐下，让那五坐在她对面："叫什么名字？"

"那五。"

"什么剧种？"

"国剧，现在叫京剧。"

"哪个行当？"

"老生。"

"哪个班社的？"

"我，我没入班社。"

"那怎么唱戏呢？"

"上电台，也上茶馆。"

"您等等吧。"

女干部转身出去了。过了一会儿回来对他说："我打电话问了老梨园公会的人，没有您这一号啊！"

"我确实靠唱戏吃饭！"

"谁能证明呢？"

那五眼睛一转，立刻说："我师傅，我师傅是胡大头！我是胡大头的徒弟。"

女干部笑了："你师傅叫胡宝林吧？"

"哎，就是他。"那五心里直打鼓，他不知道胡大头还有别的名字，这名字是不是他。

女干部又出去了。一会儿领进一个人来，这人也穿一身崭新的灰制服，戴着帽子。那五一看正是胡大头。忙叫："师傅！"

"哎哟，我的少爷！"胡大头跺着脚说，"如今是新中国了，您也得改改章程不是？可不许再胡吹乱谤了！您算哪一路的艺人呀？"

那五说："算什么都好说，反正得有个地方叫我学着自食其力呀！"

胡大头说："您找武存忠去！他有俩徒弟是地下工作者。他们正成立草绳生产合作社，他能安排人。"

女干部听得有趣，忙问："这位先生，你到底是干什么的？"

胡大头说：“他要填表可省事，什么也没干过！”

那五说：“您怎么这么说呢？我不还当过记者吗？”

胡大头顶了他一句：“对，您当过记者！还登过小说呢！”

女干部睁大眼睛问：“真的，登过小说？”

那五说：“登是登过，不过，没写好……”

女干部责任心很强，她虽然分工管戏曲，可是她那机关也有人管文学，就叫那五回家把他的原稿、当记者时的报纸全拿来，另外写一个履历表。

那五一看有缓，千恩万谢出了门。下午就把女干部要的东西全抱来了。他犹疑了一下，没说那本《鲤鱼镖》是买别人的。万一女干部说那书不好，再说明这来历也不迟。

女干部当晚就看了他的履历，又花几个晚上看了小说和报纸。终于得出结论：此人祖父时即已破产，成分应算城市贫民。平生未加入任何军、政、党派，政治历史可谓清楚。办的报纸低级黄色，但并没发表反共文章或吹捧敌伪或国民党的文章，不存在政治问题。小说虽荒诞离奇，但谈不到思想反动。文字却是老练流畅，颇有功底。对这样的旧文人，按政策理应团结、教育、改造。等那五三天后来问消息时，她已和某个部门联系好了，开封信叫他上一个专管通俗文艺的单位去报到。

正是：错用一颗怜才心，招来多少为难事！此后那五在新中国又演出些荒唐故事，只得在另一篇故事中再作交代。

烟壶

一

近年来大工业化的卷烟生产，使吸纸烟者遍及世界各个地区、各个阶层，把闻鼻烟这一古老的生活享受硬是给挤对没了。这是件叫人不服而又无可奈何的事！从卫生的角度看，鼻烟比烟卷、雪茄可实在优越得多。闻鼻烟只不过嗅其芬芳之气，借以醒脑提神，驱秽避疫。并不点火冒烟，将毒雾深入肺腑熏染内脏。其次闻鼻烟时谁爱闻谁抹在自己鼻孔下边，自得其乐。不爱闻的人哪怕近在咫尺也呛不着熏不着。如果打喷嚏时再用手帕捂紧鼻口，那就毫无污染环境的弊端。鼻烟自从明朝万历九年被利玛窦带进中国，到康熙、乾隆年间达到了它的黄金时代，朝野上下皆嗜鼻烟。那时，不会闻鼻烟的人大概就像今天不会跳迪斯科那样被人视作老憨。康熙皇帝到南京时，西洋传教士敬献多种方物，他全部回赏了洋人。只把"snuff"收了下来。有学问的人说，这几个洋字码儿就是"鼻烟"。看过乾隆庚辰本《过录脂评石头记》的人也会记得，晴雯感冒之后，头昏鼻塞，宝玉命麝月给她拿了西洋鼻烟来嗅过，痛打几个喷嚏，通了关窍，这才痊愈! 纸烟也盛行了多年，它可曾有过鼻烟这样显贵的身份、光辉的业绩？

还有一个证明鼻烟优越的实例，自明末以来，由于鼻烟的流行，我国匠人结合自己民族工艺传统，大大地发展了鼻烟壶的制造艺术。 您别小看鼻烟壶这东西大不过把握，小则如拇指，装不得酒，盛不得饭。 可是它把玉石琢磨、金丝镶嵌、雕漆、烧瓷、雕塑、绘画、景泰蓝、古月轩各色工艺技术都集于一身，成了中国工艺美术的一朵奇葩，成了中国工艺技术一个浓缩的结晶。 尽管经过上百年的流散、毁坏，很多珍品丧失了，今天我们若涉足烟壶世界里观光，仍然会目不暇接，美不胜收。 按原料来分，有金属壶、石器壶、玉器壶、料器壶、陶器壶、瓷器壶、竹器壶、木器壶、云母壶、瓠器壶、象牙壶、虬角壶、椰壳壶、葫芦壶，此外还有珍珠、腰子、鲨鱼皮、鹤顶红……按其大类已是举不胜举了。若分细目，名色更加繁多。 比如同是瓷壶，又分官窑、民窑、斗彩、粉彩、模刻、透雕、青花加紫、雨过天晴、珐琅、窑变……同是玉石壶，则分白玉、青玉、翡翠、珊瑚、玛瑙、水晶……而玛瑙壶中又要分玳瑁、藻草、缠丝、冰糖……若按造型来分，则又有鸡心、鱼篓、砖方、月圆、双连式、美人肩等等。 只一个圆壶，也要分作扁圆、腰圆、桃圆、蛋圆等。 一句话，烟壶虽小，却渗透着一个民族的文化传统、心理特征、审美习尚、技艺水平和时代风貌。 所以一些好烟壶在国际市场上常常标以连城之价。 一九七六年德国拍卖行展出一只烟壶，几分钟内被人以二百万马克买了去。美国著名的烟壶学者司蒂文森先生去世后，他收藏的中国烟壶拍卖了一百四十万美元。 这位司先生终身不娶，除去研究中国鼻烟壶几乎别无他好。 他写的关于中国鼻烟壶的研究著作，在同行眼中，差不多等于原子能学者眼里居里夫人的论文。 在西方有两个"国际中国鼻烟壶学会"。 他们定期开会，宣读论文，出版期刊。 会员人数年年有所增加。 司蒂文森先生生前就是设在北美的那个学会的主席。 我们说鼻烟推动人们开拓了一个新的艺术领域，这不算夸大吧。

成千上万的人一生没见过鼻烟壶，照样学习、工作、恋爱、结婚、生儿、育女，这是事实。 可您也别小瞧它。 它能在国内外获得如此的重视，您得承认它在一个特定的领域里是闯出了成绩了。 多少人精神和体力的劳动花在这玩意儿上，多少人的生命转移到了这物质上，使一堆死材料有了灵魂，有了精气神。 您闻不闻鼻烟，用不用烟壶这没关系，可您得承认精美的鼻烟壶也是我们中国人勤劳才智的结晶，是我们对人类文化做出的一种贡献，是我们全体人民的一笔财富……我们似乎走了题。 本来是说闻鼻烟与吸香烟的"比较卫生学"的，怎么一下岔到烟壶上来了？

听说西洋有一派写小说的，主张落笔之前不要有什么构思、预想。 找个话题开始之后，一切随着意识的流动而流动，随着思绪的发展而发展。 这主张很近似我们祖先在《三教指归》上说的"鞭心马而驰八极，油意车以戏九空"的境

界。 准此，咱们也不必再把话题拉回到鼻烟上去，顺流而下
往下讲烟壶吧。

二

烟壶中有一种做法叫作"内画"。 水晶瓶也好，料器瓶
也好，只要是透明的瓶体，全可拿来当作坯子。 由画家在瓶
子内部画上山水人物、花鸟草虫，写上正草隶篆、诗词文
章。 工笔写意，水墨丹青，透过瓶壁看来，格外精致细腻。
这一技术极难。 因为鼻烟壶在造型上有定例，瓶口阔者放不
进一粒豌豆，窄者只能插一根发簪。 一般人用掏耳勺插进瓶
内掏烟还难以面面俱到，要想往内壁画图谈何容易？ 更何况
不论多精多美的图画文字，画时一律要反面落笔，看起来才
成正面图像。 所以赏玩那方寸天地内的"壶里乾坤"时，人
们难免产生各种臆想。 有人说这东西是躺下来仰面朝天画
的，不然看不清瓶内壁落笔点；一说这是用头发蘸着颜料一
点一点勾抹成的，一个壶要画半年；还有人认为这东西并非
人所能为，多半是仙家游戏之作。 因为那时"古月轩"制品
正风靡一时，人们用"古月"二字推测出是胡仙所制。 胡家
众仙一向诙谐倜傥，既能化作好女迷人，又能制造瓷器戏
世，难免会画几个烟壶来捉弄一下红尘中人。 这本是极有论
据的，可惜后来内画壶越传越多，这论据竟不攻自破了。 您
想，画个仨俩的玩玩还则罢了，整批地画，成打地卖，这明

显是挣钱混饭的行径，仙家何至于落魄到这般地步呢？ 再往后，可就传出了有此特技的画家的姓名。 到二十世纪初，北京一带有名画师就有了四位——北京人四平八稳惯了，搞选举、排名次一向和小说评奖或奥林匹克运动会之类国内外惯例相反，不选前三名，也不排前五名，偏是四名。 "四大名医""四大名旦""四大须生"，吃丸子也要"四喜丸子"。 于是便选出了四大内画画师，他们是：

"登堂入室马少宣，雅俗共赏业仲三，阳春白雪周乐元，文武全才乌长安。"

我们讲讲这个乌长安。

三

乌长安姓乌尔雅，原名乌世保，是火器营正白旗人。 祖上因军功受封过"骁骑校"。 到乌世保这一代，那职叫他伯父门里袭了。 他闲散在家，靠祖上留下来的一点地产，几箱珍玩过日子。 别说骑马，偶然逛一趟白云观，骑驴时两腿也打哆嗦。 但这并不妨碍他作为武职世家的光荣，也不耽误他高兴时自称为"它撒勒哈番"。

乌世保活到三十多岁，一向安分守己地过日子。 每日里无非逗逗蛐蛐，遛遛画眉，闻几撮鼻烟，饮几口老酒，家境虽不富有，也还够过。 北京的上等人有五样必备的招牌，即是"天棚、鱼缸、石榴树、肥狗、胖丫头"。 乌世保已没闲

钱年年搭天棚了，最后一个丫头卖出去也没再买。 其他三样
却还齐备，那狗虽不算肥，倒是地道的纯种巴儿。 他从没有
过非分之想，就是一时高兴出堂会，玩票去唱几句八角鼓，
也是茶水自备，不取车资。 有一回端王府出堂会，他唱《八
仙祝寿》。 上台前，那府里一个太监把嘴伸到乌世保耳边吹
了点风："我告诉您，王爷就要当义和团的大师兄了，您唱
词里要来两句捧义和团的词，抓个彩，王爷准高兴！"平心
而论，乌世保绝没有喝符念咒的瘾头，但既来祝寿，总要叫
主家高兴，也借此显显自己的才智。 何况端王这时正得意，
儿子溥儁被太后立为大阿哥，宣进宫里教养，很有当皇上的
老子的希望。 乌世保一铆劲，就加了几句词："八仙祝寿临
端府，引来了西天众神灵；前边是唐僧猪八戒，紧跟沙僧孙
悟空，灌口二郎来显圣，左右是马超跟黄汉升；济公活佛黄
三太，诸葛武侯姜太公，收住云头到王府，要见王爷大师
兄……"

载漪听了捧腹大笑，问左右："这个猴崽子是谁家的孩
子？"那传话的太监说："正白旗乌家，他祖宗是它撒勒哈
番，现在正闲着。"载漪说："噢，是武职呀，叫他上虎神
营当差去吧！"

这虎神营是专为镇压洋鬼子才建立的一支突击队，以
"虎"克"羊"，以"神"灭"鬼"，那用意是极好的。
乌世保听了却魂不附体，赶紧磕头说："谢王爷恩典，奴才
不会打仗，不敢受命……"载漪说："用不着你放洋枪。 那

儿少个'笔且齐',你去支应着。 有我的面子,裕禄不会难为你。"

乌世保不敢执拗,磕了头出来,就急得像发疟疾,后悔编那几句唱词邀来了恩宠。 给他弹弦的那人叫寿明,是个穷旗人,老于世故。 见他急成这样,就出主意,让他弄了几件精致玩意儿送给那位传话的太监,向王爷禀了个"因病告假"的帖子。 王爷本来也是一时高兴,出了这个主意。 见他执意不肯,也就作罢了。 过了一年,即是庚子。 八国联军占领北京,和清政府议和时,有一项条款就是惩办"义和团祸首"。 这载漪不仅没当上皇帝的老子,连端王的爵位也丢了,被发配新疆,终身禁锢,虎神营也就冰消瓦解。

八国联军占北京时,乌世保也倒了点小霉。 那只巴儿狗跑丢了。 他出去找狗,又叫洋人逮住去埋了一天死尸。 看到死了那么多人,他想起端王要他去虎神营的事,实在有点后怕。

转过年来,和议谈成,北京又恢复了正常生活,他觉得大难不死,应当庆贺庆贺,就约了寿明等几个朋友,趁九月初九,去天宁寺烧香谢佛。

北京这地方,地处沙漠南缘,春天风沙蔽天,夏日骄阳似火,唯有这秋天,最是出游的好季节,所以重阳登高之风,远比游春更盛。

四

当时北海、景山，全是皇室禁地，官商百姓要出游，须另找去处。 最出名的去处有城西的钓鱼台，城北的土城，城南的法藏寺和天宁寺。 这几个地方为何出名呢？ 原来土城地旷，便于架起柴火来吃烤肉；钓鱼台开阔，可以走车赛马；法藏寺塔高，可以俯瞰瞭望；而天宁寺在彰义门外，过珠市口往西，一路上有好几家出名的饭庄。 乌世保要去天宁寺，为的是回来时顺路可以去北半截胡同的"广和居"，那里的南炮腰花、潘氏蒸鱼，九城闻名。

乌世保请的寿明，就是替他出主意请病假的那位弦师。此人做过一任小官，但不知从什么时候，为了什么就远离了官场，而且再没有回复的意愿了。 他弦子弹得好，不仅能伴奏，而且能卡戏，特别是模仿谭鑫培、黄润甫的《空城计》，称为一绝。 各王府宅门每有喜庆，请堂会总有他。他也每请必到。 他生计窘迫，不接黑杵，这又叫人更加高看一眼。 不过他成天提着弦子拜四方，可不光是为了过弹弦的瘾，他还没到空着肚子凑热闹，为艺术而艺术的超脱境界！他借着走堂会这机会也兼营点副业，替古玩店与宅门跑合拉纤，从中挣几个"谢仪"。 这事儿看着轻巧，其实不易，一要有眼力，品鉴古玩得让买卖双方服气；二要有信用，出价多少，要价高低，总得让卖主知足，买主有利可赚，成破都不能离大谱。 这就造就了寿明脾气上的特别之处，一是对朋友热心肠守信用，二是过分地讲面子要虚荣。 因为干这行的全凭信誉，一被人看不起，就断了财路了。

这日他们从天宁寺回来，在广和居尽情吃喝了一阵，已是未时末申时初，夜宴上座的时候。 出门时他和乌世保又叫跑堂的一人给包了一个荷叶包的合子菜，出门拐弯，走到了胡同北口。 这时由菜市口东边过来一辆青油轿车。 寿明没防备，叫车辕挂了个趔趄，还没站稳，车上跳下来个戴缨帽的差人抓住他领口就扇了一嘴巴。 乌世保喊道："畜生，你撞了人还敢无理！"这时车帘掀开，一个官员伸出头来喊道："什么东西这样大胆，挡了老爷的车道，打！"

乌世保听这声音耳熟，扭过头一看，是自己家的旗奴，东庄子徐大柱的儿子徐焕章。 这徐焕章的祖先，是带地投旗的旗奴，隶籍于它撒勒哈番乌家名下。 这样的旗奴，不同于红契家奴。 除去交租交粮，三节到主子家拜贺，平日自在经营他的田土，并不到府中当差。 这些人中，有的也是地主，下边有多少佃户长工、老妈下人，过的也是饭来张口衣来伸手的排场日子。 但主子若有红白大事，传他们当差，可也得打锣张伞，披麻戴孝，躬身而进，退步而出，抬头喊人主子，低头自称奴才。 别看他们在家当主子时威严得不可一世，出来当奴才时却也心安理得。 他们觉得这也是一份资格、一份荣耀。 他们教训自己的奴仆时，往往张口就是："你们这也叫当奴才？ 看看我们在旗主府里是怎么当差的吧！ 主子一咳嗽，这边唾盂递过去了，还等吩咐？ 主子传话的时候，哪一句上答应'嗻'，哪一句上躬身后退，都有尺寸管着，能这么随便吗？"

这些年有点变样了，不少主子家越来越穷，有的连家奴都养活不起，干脆让他们交几两银子赎身。 有的主子自己落魄做苦力，扛包儿当窝脖儿了。 旗奴却当官的当官，为商的为商，发迹起来。 旗主子就反过来敲奴才的竹杠。 有位主子穷得给人扛包儿，他的旗奴赎身后做了太仆寺主事，这主子一没钱用就扛着货包在太仆寺门口转悠，单等他的奴才坐轿车来时拦着车喊："小子，下来替爷扛一股截儿！"太仆寺主事丢不起这人，只得作揖下跪，掏钱给主子请他另雇别人。 按着"大清律"，奴才赎身之后，尽管有做官的资格，仍保留着主奴名分。 旧旗主打死赎身旗奴，按死族中旗奴减一等定罪，不过"降一级调用"而已，没哪个奴才敢捅这个娄子。

徐焕章的父母是赎身脱了奴籍的。 可徐焕章是家生子，尽管脱了籍，也要保持奴才名分。 徐焕章连半个眼都看不上乌世保，焉能甘心受这窝囊气呢？ 有舍银子舍钱的，还有舍奴才当的吗？ 当奴才可以，总有点什么捞头才行。 为了和老主子抗衡，他得寻个新主子。 如今连太后皇上都怕洋人，不如投到洋人名下最合时宜，于是他信了天主教，并且由天主教神甫资助上了同文馆，在那里学了日本话和法国话。 为此，闹义和团的那一阵，他可当真丧魂失魄了几个月，躲在

与云南少数民族在一起

与日本作家黑井千次（右）

与巴金（右）合影

与铁凝（右）合影

与金庸(中)合影

与少先队员联欢

中国人民政治协商会议

出席全国政协大会

与美国著名专栏作家索尔兹伯里（右）

索尔兹伯里（左三）要写介绍中国改革开放的新书，邓友梅陪他到老家山东平原县访问

交民巷外国医院当了义务杂役。 直到八国联军进城后的第四
天，他才敢回家。 八国联军进城头三天，见人就杀见东西就
抢。 徐焕章知道底细，没敢出门。 乌世保是正白旗。 徐焕
章既是乌家的奴才，自然也住在正白旗的防地，也就是朝阳
门以北东四大街以东的这一地带。 这一地带在联军破城之后
归日本军占领。 徐焕章一路走来，就见有几家王府和大宅门
口挑出白色降旗，上写"大日本国顺民"字样。 自家门口，
只见也挑了幅白旗，却没写字。 到家之后，问起缘由，才知
道这日本占领区有个不成文的规定：凡不挂归顺白旗的人
家，日军就视作义和团拳民，任意杀戮。 几个王府大户带头
挂出了白旗，没来得及逃走的百姓也只得效法。 但有的户无
人识字，有的人不甘心自己戴上"顺民"帽子，便只挂旗不
写字，多少给自己留点脸面。 徐焕章听后，连连摇头，叫他
女人赶紧把旗解下来。 他爹听了，忙拦阻说："别价，太后
跑了，八旗兵撤了，连肃王府都挂了白旗，咱能顶得住鬼子
的洋枪吗？"徐焕章说："我不是要撤下来，我叫她把旗解
下来写上那几个字。"他女人说："不写字鬼子兵也认可，
咱何苦自己往上立那亡国奴的字据！"徐焕章说："住口！
我们这谈论国家大事，哪有你说话的地方？""德行！"他
女人往地上啐了一口，出门把白旗解下，扔在了书案上。 徐
焕章是在同文馆学过日文的，就研好墨，润好笔，展开白
旗，端端正正写了几个地道日本文字"顺民の家"，挂了出
去。 这招牌一挂，立刻见效，第二天下午一个军曹带着四个

日本陆军士兵就来找徐焕章谈话了。那时全北京城里，要找两个会日本话的中国人，实在比三伏天淘换两个冻酸梨当药引子更难办。日本军成立临时伪政权"安民公所"，正寻找"舌人"，自然要找这白旗上写日本字的人来。第三天徐焕章左胳膊上就套上了白箍，上边写"大日本军安民公所"，盖了关防。从此晃着膀子跟日本巡逻兵一块抓拳民，杀乱党，替日本军队搜罗地方上的痞赖劣绅组织维持会，一时间成了北京城东北角上的伏地太岁。日本人知道敢于出头干维持会的人，没一个在老百姓眼里有斤两的，叫他们出来临时维持一下街面秩序可以，靠他们长久为自己效劳绝对没门儿，就交给这维持会一项任务，要他们探听在这一地区居住的王公大臣们的行踪和品行，以便发掘可委重任的大角色。也是该当徐焕章发迹，这区内住着一位铁帽子王，曾任镶红旗汉军都统、军咨大臣，现任民政部尚书的善耆。善耆跟前一个戈什哈和徐焕章住邻居。这天徐焕章从维持会回家，路过这戈什哈门口，看到那人在院里槐树下放个小炕桌就着黄瓜喝烧刀子。他看了一眼，并没在意。他走过去后，只听背后咣当一声急忙把大门关上了，这才引起他的警觉，心想："这小子不是随肃王保着太后跑陕西去了吗？怎么突然显魂了？"想到这儿，连家门都没进，原地一扭身又走了回去，照直走到戈什哈大门口，用手把门拍得山响，说："沙大二爷，开门！"

这位戈什哈，去年夏天因为自己老婆往徐焕章门口扔西瓜皮和倒洗衣裳水，被徐焕章老婆骂了几句，他曾到徐焕章门口寻衅打过徐焕章他爹一个脖溜。这次回来一听说徐焕章发迹了，当了通司，先就有几分胆怯；偏偏刚才喝酒忘了关大门，被徐焕章看见了，又加了几分不安，所以赶紧关上了门，门关好后往回走了几步还不放心，又回来扒着门缝往外瞧。他刚一伸头，徐焕章正好用劲来拍门，几声山响，先吓走了他三分锐气。等把门打开，一见徐焕章那一脸假笑，干脆把为王爷保密的规矩全忘了，只记得讨好姓徐的，以免遭其报复。于是问一句答一句，便把肃王奉旨回京议和的事全交代清楚了。

徐焕章第二天恭恭正正上了个密札，告诉东洋人善耆从西边回来了，正躲在府里抽大烟。日本人为这赏了徐焕章十两银子。这善耆正是日本人要物色的理想人物，他不光爵高位重，提倡洋务，而且跟日本人特别有渊源，有名的浪人川岛浪速，和他素有交往。日本占领军得到徐焕章的情报后，立即找川岛拉线，派安民公所总办柴贵亲往肃王府拜会，从此打下了今后几十年善耆一家为日本帝国效劳的基础。善耆为日本军队出的头一把力是由他出面推荐介绍三百名步军和绿营兵，为安民公所组织了一个"巡捕队"。日本人就把徐焕章派在巡捕队办文案。后来八国联军撤兵，善耆就以这个汉奸队为基础办起中国最早的警务来。

乌世保在八国联军占领时，被抓去埋死尸，曾经碰见过徐焕章。只见他头戴凉帽，身穿灰布长袍，胳膊上戴着白袖箍，手提大马棒驱赶中国人抬尸体挖坟坑。 他想招呼一下，求徐焕章说句话把自己放了，可话到口边又咽了下去，并且故意转过脸把帽子拉低躲过徐焕章的视线。 他实在丢不起这个人！ 他宁可皮肉受苦，也不愿叫大伙知道这驱使自己的人原是自己的奴才。 当时他咬咬牙忍住了，今日一见这火又勾上来了，何况撞的是他的朋友？ 乌世保提高嗓门，慢悠悠地问：“我当是谁呢，徐狗子呀！ 你好大威风！”

徐焕章转头一看，不由得吸了口凉气儿，暗说：“有点崴泥！”这不是在巡警衙门，是在大街上，大街上还是大清国的法律，要叫他兜头盖脸骂一顿，往后怎么当差管事在人前抖威风呢！ 好汉不吃眼前亏，先把事情化了，有什么章程回自己衙门再说。 想到这儿，就满脸堆下笑容说：

“哟，主子爷，您吉祥！”跳下车来就打千，“奴才瞎眼了，奴才罪过！”

这时闯祸的车夫和听差赶紧躲开了。 寿明见坐车的人请安赔礼，是自己朋友的奴才，也就不再发作。 忙说：“不要紧，没碰着，走吧！”偏巧凑来看热闹的人里边有几个人认识徐焕章，早已恨得牙痒痒而找不着办法报复他，一见这机会，可就拾起北京人敲缸沿的本事，一递一句，不高不低在一边念秧儿：

“这可透着新鲜，奴才打自己的主家！”

“人家有了洋主子了，老主子还放在眼里吗？”

“子不教父之过，奴欺主是旗主子窝囊！”

"这话不假。"

"您不瞧，如今这奴才什么打扮，什么身份？再看这两位主子爷，那行头不如奴才的马夫鲜亮了！反了个儿了！"

"大清国没这个家法！倒退二十年，时松筠当了内阁大学士、军机处行走，他主子家办白事，他还换上孝服在主子灵前当吹鼓手呢！"

这菜市口是南方各省旱路进京的通衢大道，又正是游人登高归来的时刻，围观的人越来越多，越来越杂。有人就喊："打！""教训教训这个反叛！"

乌世保哪受过这种辱谩，恰又喝了酒，便一扬手举起荷叶包朝徐焕章砸了过去，大声骂道："你小子当官了，你小子露脸了，你小子不认识主子了！我今天教训教训你，让你知道自己是个什么东西……"

看热闹的人一见这穿得鲜亮体面的官员被个穷酸落拓的旗人砸得满头满脸猪肝猪肠头蹄，十分高兴，痛快，于是起哄的、叫好的、帮阵的、助威的群起鼓噪，弄得菜市口竟像谭叫天唱戏的广和楼，十分热闹火爆。

徐焕章见过世面，知道在目前这情势下若要反抗，大伙一人一脚能把他踩扁了，便红涨脸，垂手而立，高声称谢说："爷打得好，爷骂得对，谢谢爷教训奴才！"

乌世保是个中正平和人，杀人不过头点地，见他认了错，这气就消了一半。寿明在开头时虽很恼怒，可他是个冷静人，一听人们议论，一看徐焕章的打扮排场，觉出有点不妥，这人看样眼下颇有权势，闹过了未必能善罢甘休。 乌世保这样的旗主子，最大的本事就是今天这两下子了，这奴才真要使点手脚，他还未必有招架之功。 赶紧又反过来劝解。乌世保这时酒劲已消了大半，便把口气放软，教训徐焕章说："今天我也是为你好，你年纪轻轻，前程还远呢，这么不知自制还行？ 不要忘了自己的名分！ 去吧。"周围观客发出一片遗憾扫兴之声，也就散了。

乌世保回到家中睡了一觉，到晚上酒消尽了，回想起这件事，多少觉得有点过分，可也没往深处想。 过了两天，这事传开了，认识的人见了面赞扬他"大义凛然，勇于整顿纲纪"，他这才意外地发现自己很有点英雄气概。 他正想是否要进一步发扬自己这一被忽视了的美德，忽然刑部大堂派人来把他锁链叮当地拿走了。 到了那儿一过堂，问的是他在端王府跟着端王画符，在单弦儿里念咒和报效虎神营的经过，他这才知道是把他当义和团漏网分子看待了，大喊冤枉。 堂上老爷说："你有冤上交民巷找洋人喊去，这状子是日本使馆递的。 我们都担着不是呢！"便右手一挥，给他上了四十斤大镣，押到死囚牢去了。

乌世保的女人是香山脚下正蓝旗一位参领的女儿。 旗人女孩，向来在娘家有特殊的地位，全家都得称呼"姑奶奶"，有什么喜庆节令，也不随众向长辈行跪拜大礼，因为保不齐哪一位姑奶奶哪一次应选会选进宫，不能不预先给以优待，这就养成了一些满洲少女的特别脾气。 这些脾气跟好的内容相结合时，显着自信自尊，敢作敢为，开朗大度，不拘小节；若和坏的内容相融合，也会变作刚愎自用，不谙事理，自作聪明，不宜家室。

乌世保进监狱后不久，徐焕章忽然带着大包小包的礼物来看老主子了。说是那天在街上车夫冒犯了大爷，他专程来谢罪。乌大奶奶哭诉，大爷被抓走了。他听了大抱不平，拍着胸脯说他挖门子钻窗户也要打听出大爷的下落，把他营救出来。大奶奶正急得团团转，来了这么个义仆，自然信赖他，便托他搭救大爷。

徐焕章亲自领大奶奶见了刑部主事、办案的师爷。这些人异口同声地说大爷的案子是洋人亲自交涉的，非要大爷首级不可，难以通融。徐焕章当着大奶奶的面向这些人说情许愿，这些人才答应找有权者说说情，但要的价是极高的。到了这时候，救大爷的命要紧，大奶奶哪里还顾得上银子呢？先收账款，后卖首饰，上千的银子都花出去了，还没有个准信。大奶奶刚要对徐焕章起疑，徐焕章把喜讯带来了："大爷的死刑开脱了，明天请奶奶亲自去探监。"

大奶奶头一次进刑部大牢，又羞又怕。幸好徐焕章早有打点，该使钱的地方使钱，该许愿的地方许愿，大奶奶一说是探乌世保的，没费大事，见着了大爷。尽管两口子平日说不上怎么亲爱，这时一见可就都哭了。大奶奶问大爷打官司的经过。大爷说头一天过堂要他供加入义和团、烧教堂杀洋人，他没有招认，此后就扔在死囚牢里不再问他。后来徐焕章来探监，偷偷告诉他已经买通了堂官，以后再过堂叫乌世保什么话也不回，只是大声哭妈，这案子就有缓。 虽说乌世保对徐焕章的来意起疑，也禁不住抱一线希望去试试。 谁知这么哭了几堂，竟然灵了。 打昨天起把他换到了这个优待监房里来，伙食也好些，牢子也客气，都说他的死刑开脱了，可没见判文。

大奶奶叹了一声说："平日我说话，你不放在心上，反把你那刘奶妈的唠叨当圣旨，死到临头才品出大奶奶我的手段来吧？ 告诉你，这死刑是我花钱给你买脱的，徐焕章是我指使来的！ 从今以后谁亲谁后，你掂量掂量吧！"

大奶奶和刘奶妈有什么过节，且不说它。 当时乌世保对大奶奶实在是千恩万谢、五体投地，答应出狱以后，再不敢违背夫人的管教。

大奶奶回来后，见到徐焕章，满口感激之词，并问徐焕章，大爷何时才能出狱。 徐焕章说："以前花的钱，是买大爷一条命，这已人财两清了。 要出狱还得另作计议。"大奶奶说："我能变卖的全变卖了，再用钱从哪里出呢？"徐焕章就说： "我们家给奶奶府上经管着的一顷二十亩地，近年水旱蝗灾，也没出息，您不如把契纸给我，我拿它去运动运动，把大爷保出来。"

大奶奶从来没把地亩当作财产，也不知道一顷二十亩有多少进项，心想多少珍珠翡翠全变卖了，一张契纸算什么？便找出契纸，交给了徐焕章。 知道大爷出狱是指日可待的事了，这才为如何向大爷交代这一程子的花销犯起愁来。

岂不知，从一开头这件事就是徐焕章和刑部主事等几个人做好了的局子。日本使团来的文书，本就是徐焕章拟就专吓唬刑堂官的。乌世保听了徐焕章的主意，上堂就哭妈，问什么都不回话，堂官实在为难。大清国以孝治天下，儿子哭考妣，即使在大堂上堂官也无权拦阻。问一堂哭一堂，这官司怎么向洋人交代呢？这时主事悄悄进言，申报犯人得了疯魔之症，压在一旁，等他清醒明白了再行审理。并说洋人问案一向有此规矩，断不会与大人为难，堂官乐得顺水推舟，就把乌世保丢在一边了。当初放风说非判乌世保死刑不可，一来就把他关在死囚牢里，也是主事等人做的手脚。不仅乌世保蒙在鼓里，连堂官也不知情。

乌世保在优待监房里只住了两天，就又被提出来扔到一个普通牢房里去。伙食也糟了，牢子也不客气了。

五

这间牢房也不大。乌世保进来时早已有两个人住在里边。一个瘦长个儿的老头，谦卑斯文，少言寡语，心事重重；一个强壮汉子，粗俗蛮横，穿一件库兵的号衣。年老的管年轻的叫"鲍兄弟"，年轻的管年老的称"聂师傅"。鲍兄弟草席底下压着一本《三国演义》，每天早晨放风之后都问聂师傅："再来一段？"聂师傅便点点头，拿起书靠牢门光亮处坐下，读上两回。 乌世保从他念书的流利、熟练劲儿上，知道这是个有书底子的学究。 牢子禁头对这聂师傅也相当客气，每日三餐送来的饭，总比给乌世保的要多一点，精一点。 给乌世保吃棒子面窝头老腌萝卜，给聂师傅的白面花卷一荤一素。 乌世保看了气不过，便问牢子："一样坐牢，怎么两样饭食？"牢子奚落道："人家住店给店钱，吃饭给饭钱，凭什么跟你一样？"乌世保虽听不懂，也不好再问。至于库兵，他根本不吃牢里的饭，天天有人从大库里给他送饭来，不仅送肉送鸡，甚至滚热的鸡油盖着绍兴花雕，冒充鸡汤送进来。 他一开饭，乌世保就把头转向门外，因为那味道实在诱人，他怕不小心露出馋相，惹人看不起。 这两人受的待遇比他高一等，他由不忿而产生了敌意，所以整日自己缩在一隅，不与他们交谈。 这库兵不仅饭量大，酒量大，而且烟量大。 一般人用烟壶，宽不过二指高不过一拳，他用一只岫玉武壶，竟像个酒葫芦，烟碟像饭桌上的烧碟。 一倒倒个小坟头，用大拇指蘸上，左右从鼻孔下往上一抹，嘴上画个花蝴蝶。 乌世保看着又厌恶又眼馋，因为他的烟瘾也不小。 近日里外边断了消息，愁得饭吃不下，觉睡不着，就是想闻烟。 烟闻光了，偏偏又没有新犯人来暂住，屋里只有他们三个人，想张嘴向库兵淘换一撮，又觉有失身份。 便拔下挖耳勺使劲刮那空烟壶，刮几下，磕一磕，就有些许烟末控出来，他小心翼翼地全都抹到鼻子里也还闻不出味道。 库兵不光烟量大、闻得勤，而且声色俱厉，闻起烟来鼻孔、嗓子一起作响，打个喷嚏也先张嘴朝天"啊"几声。 闻鼻烟跟打哈欠相似，也有传染性，那里一闻，这边就鼻子难受。 所以他一闻烟，乌世保就刮烟壶。 越刮落下的烟末越少，后来就干脆什么也倒不出来了。 乌世保不肯相信烟壶当真挖得这么干净，希望总还有哪个角落没挖到，便举起烟壶对着窗户照，用眼仔细地搜寻。

乌世保用的是茶晶背壶式的文壶，浅驼黄色，内壁挂上烟的部分则呈墨褐色。 他对着窗户照了半响，终于发现在左下角还有一疙瘩豌豆大的烟末没挖下来，便把掏耳勺的头弯了弯，小心伸进壶口里去。 这时那位一向沉默寡言的聂师傅忽然伸手拦住说："别挖了，再挖可就破了布局了。"乌世保把手停住，直着眼看看聂师傅： "你说什么？"聂师傅指指烟壶说："你自己再看看！"

乌世保举起烟壶对着窗户又照，这时那大汉从身后也探过头来，大呼一声说："咦，妙啊！ 竹兰图。 没想到您倒有双巧手，能在烟壶里边作画！"说完他和聂师傅一起大笑。 乌世保经这么一提，才发现他用那挖耳勺在壶内刮的横道竖道，无意间竟组合成一幅小画：左下侧像一墩兰草，右侧像几根竹子。 自然只是近似，并不准确。 他也不由得笑了起来。 聂师傅一时兴起，就把烟壶要过来，从大襟上解下胡梳和挖耳勺，把挖耳勺顶头稍弯一下，伸进壶内，果断地、熟练地刮了几下重新交给乌世保，乌世保迎着阳光再看，原来只这几下，聂师傅就把这画修出了郑板桥的笔风。

乌世保本是个有慧根的人，见此，便拿过聂师傅的挖耳
勺，在壶的另一面试着用正楷题了一首板桥的诗，并署上了
"长白旧家"的代号。虽是头一次试写，倒也还看得过去，
写完他把烟壶递给聂师傅，聂师傅两眼盯着乌世保看了又
看，连连点头。

乌世保作个揖说："不知道老先生是大手笔，失敬失
敬。"

聂师傅忙还礼说："雕虫小技，聊换温饱而已，倒是老
爷无师自通，天生异秉，令人羡慕。"

这时库兵把烟碟递上去说："您要犯瘾，来点这个。就
别再挖那壶了，免得把画再挖坏了。"

乌世保伸出拇指和食指，狠狠挖了一挖，按入鼻孔，痛
痛快快打了俩喷嚏，这才笑着说："好几天了，这两喷嚏就
一直想打没打出来。"库兵说："好几天了，我等着您伸手
找我寻烟，可您就是不赏脸，您是不是不认字，怕我叫您念
三国？"乌世保说："是不熟识，不好意思，您要让我，我
早闻了。"库兵说："您是旗主，怎敢造次呢？"言来语
去，三个人就熟识多了。

乌世保把鼻烟报仇解恨般地狠吸了几撮，一股辛辣芳香
之气直入脑际，两个喷嚏一打，心情更开朗了些，便问库兵
犯了甚案。库兵说偷了库里的银子，叫堂倌抓住了。乌世
保说："听说你们进库干活时都要把全身脱光，到库里换上
宫中的衣裳，出库时也全身脱光，这银子怎么带出来呢？"

库兵说："人身上是开口的，哪儿口大往哪里塞呗。 反正不能用嘴，因为出库时在堂官面前口中要呐喊出声。"

乌世保听了，脸上有点发热，小声嘀咕说："那能带多少？ 为这么点小利坐大牢，值个吗？"

库兵说："实在不容易。 十两一锭的银子，我才夹带了四锭，走在堂倌跟前偏巧要放屁，就掉出了一块来。 这本是祖宗留给咱们旗人的一条财路，懂事的官长应当一扭脸就过了的，谁承想这位堂倌是新来的荒子！ 大惊小怪，把我送进来了。"

"判了吗？"

"拟了个斩监候。"

"哎呀！"

"您别怕，死不了。 补一个库兵得花几千两银子的运动费，比买个知府当还贵呢！ 不许屁眼里夹银子谁还干这个呀？ 当官的懂得这里的猫腻。"

问到聂师傅，更是出奇。 他不是坐牢，是借住。 他是个作内画和烧"古月轩"的艺匠。 前一阵他别出心裁烧了一套烟壶，共十八件，每件取胡笳十八拍一拍词意作的工笔彩画。 这套东西被载九爷买去。 九爷越看越爱，约聂师傅面谈一次。 聂师傅奉命到府里见他，他正有事要出去，要下人们安顿聂师傅先住下，说回来再谈。 这一切本来都挺平常，只是九爷最后两句话交代坏了，他说："找个严实点的地方给他住，省得别人把他找去让他再烧一套，我这个就不

值钱了。"哪儿严实呢？ 监狱最严实。 刑部大堂和九爷有
交情，下人们就把聂师傅存到监牢里来了。 已经过了有两个
月，九爷还没腾出工夫来跟他谈话。

乌世保说："照这样你多咱出去呢？"

聂师傅说："谁知九爷哪天想起我来呢？"

从此乌世保和这两人就交上了朋友。 牢房里每天闲坐，
心焦难熬，乌世保就索性请聂师傅教他在烟壶内壁绘画的技
法。 聂师傅知道他是旗人世家，不会以此谋生，不致抢了自
己饭碗，也就爽快地在一些基本技法上做了些指点，这乌世
保是天资聪明的，把那烟壶四壁用水洗净，库兵叫人弄了墨
来，他就用发簪蘸了墨画，画完一回，请聂师傅作了评论指
点，再把旧画洗去，从头再画，慢慢地就有了功夫。 正想再
进一步钻研，乌世保因为心中积着愁闷，饮食不周，忽然生
起病来。 库兵出钱请牢子找医生号脉开方抓药；煎汤送水的
事就落在了聂师傅肩上。 乌世保上吐下泻，那二人洗干擦
净，毫无厌恶之意。 乌世保虽然自幼就当闲人，但落到这个
地步，人家两人一个死刑在身，一个满腔冤苦，还这样伺候
他，不由得动了真情。 稍好一些时，便说："您二位对我恩
同再造，我怎样得报呢？"聂师傅说："患难之交，谈什么
报不报？ 为你做点小事，忘了我自己的愁苦，这日子反好过
些。"库兵叹口气说："大爷，我倒要谢谢你呢！ 前些天我
常想，如果我这斩监候弄假成真了，到了阴曹地府，阎王爷
问我生前干了点什么事，我说什么呢？ 我以前当牛当马，给

人家偷银子；这两年当牛当马，为自己偷银子，这阳世三间有我不多、没我不少，我死了连个哭我的都没有！你们说我为谁奔呢？乌大爷这一病，我为你多少出了把力，就觉着活得有滋味多了。我要真死了，我敢说这世上有个人还念叨我两声，您说是不是？这可不是银子钱能买来的。"说着库兵便擦眼泪。聂师傅忙说："他是病人，哭一鼻子还可以；你平日有说有笑，今天怎么了？"库兵说："我平日说笑是哄我自己高兴，我怕一沉静下来就揪心。这两天我不说笑了，是心里稳当了！"乌世保说："你那群库兵弟兄待你不错，你不该觉着孤单冷落。"库兵说："他们怕我过堂时把他们全咬出来，是堵我的嘴呢！照应我是为了他们自己，哪有真交情？我要能出去，也不会干那缺德勾当了。或是给聂师傅打个下手，或是为你乌大爷做个门房，你们收下我做伴当吧。我有银子，不用你们发饷。你们只要拿我当哥们儿弟兄待就行了。"

这库兵言谈，大异于往日，不由得两个人追问他的历史。才知道养库兵的人家，有一种是花钱买来的不满十岁的乞儿孤子，从小就训练他用谷道夹带银两。先用鸡蛋抹香油塞入谷道，逐步地换成石球、铁球，由几钱重加大到几两重，由夹一个到夹几个，稍有反抗即鞭抽棒打。那办法极其残酷狠毒，就如同渔人驯养鱼鹰子。到了入伍年龄，主家给补上缺后，白天当差要赤身露体搬运银锭，下班之后，主家在门口接着，一出门就用铁链锁上，推进车内拉回家，直到

第二天送回大库门口上班时才开锁。 庚子年，主家叫乱兵杀了，他在库里躲过了这一难，才熬得成了自由人。 他无家无业，租了马家香蜡店的两间厢房住，偷来的银子就存在香蜡铺。 香蜡铺马掌柜是个好人，答应攒到个整数时帮他说个人成家的。 人还没说成，没料想犯了事。 乌世保说："你该小心点就好了。" 库兵说："这样露白，也是常事。 别人犯了，有家人或主家出钱去疏通奔走，关几天就放了。 可我只靠几个库兵弟兄替我纳贿说项，就不像别人那样追得急走得快，到现在还没有个准信儿。"

从此，三个人就更亲密了。 过了些天，牢头忽然传话，有人来为乌世保探监了。 乌世保又高兴又害怕。 高兴的是总算又和外边通了气，又见着了家里人；害怕的是半年多没见家人，怕家中出了什么大事！ 到了会见处所，乌世保一看，不是大奶奶，也不是刘奶妈，却是寿明，心中又是一惊！ 忙问："寿爷，怎么敢劳动您哪！"

"朋友嘛，不该怎么着？"

"怎么您弟妹不来，家里出什么事了？"

"没事！" 寿明说完打了个愣。 乌世保敏感到有点什么内情，还没问，寿明抢着说："我来一是跟你告个罪，我查清了，您这官司全是徐焕章那小子一手摆弄的。 可您是为我才得罪的他，我不能站干岸。 您放心，我想什么办法也得把您救出去。 现在刑部大堂换了人，与徐焕章有来往的几个人都走了。 我正活动着，不用几天您这儿就会有信儿。 我嘱咐您一句，您上了堂实话实说，就说端王确是荐你上虎神营的，可您没去。至于唱堂会加的词，是临时抓彩，唱过就忘了，实在与义和团无关。您一句话推干净，剩下的由我去办，您都甭管了！"

乌世保回到牢房，把寿明的话告诉两位难友，两人都给他道贺。碰巧这晚上又有人给库兵送了酒来，三人尽兴喝了一场。酒后，聂师傅正襟危坐，把二人拉在身体左右，说："咱们相处一场，也是缘分。如今乌大爷一走，何时再见，很难预期。我已经是年过花甲的人了，朝不保夕，来日无多，有几句肺腑之言，向二位陈述一下。"

两人听他说得郑重，便屏息静听。

聂师傅说，他虽然会画内画壶，但看家的绝技不是这个，而是烧制"古月轩"。"古月轩"是乾隆年间苏州文士胡学周发明的。胡学周祖上几代做官，很收藏了些瓷器。胡学周几次赴考未中，无心进取功名，就以鉴别、赏玩瓷器自娱。久而久之，由鉴赏别人的作品发展到自己创制新的品种。他把西洋的珐琅釉彩和中国传统的料器、嵌丝铜器等结合，造出了薄如纸、声如磬、润如玉、明如镜的这么一种精巧制品。在落款时把自己姓字分开，题作"古月轩"。人们也就管这种制品称作"古月轩"。乾隆南巡，苏州地方官以他造的器皿进贡，博得了皇上赏识，降旨把胡学周调至京城内府，专供皇家烧制器皿。这些器皿由皇帝赏赐亲王重臣，才又流入京师民间。一时九城轰动，价值连城，多少人试图仿制，皆因不得其要领，不得成功。胡学周身后几世都是单传，所以这门技术始终未传到外姓手里去。胡家做活，也用帮工打杂，但只做粗活，到关键时刻，不仅要把雇工打发开，连自己家的人都要回避，制作人把门锁紧，自己一个人在屋内操作。

胡家第七代孙名叫胡漱石，生有一子一女。这时他家已积蓄着点家财。男孩子六岁时，请来位先生开家馆，为了不让儿子太寂寞，便把他失去父母的表侄聂小轩招来伴读。也是救助孤苦的意思。这聂小轩十分聪明勤奋，正课之外，酷爱书画，山水草虫，无师自通，比胡家男孩更有长进。胡漱石有空便指点他一二，十二岁时便教会了他内画技术，算是给他领上条自谋生路的道儿。后来家馆散了，聂也没离去，帮胡家打打杂、跑跑腿，算作几年来供他食宿的补偿。

咸丰十年，胡家少当家已二十岁，正要跟他父亲学"古月轩"技艺时，赶上英法联军进攻北京，当时他去天津收账，在河西务碰上乱兵，叫洋鬼子马队踏伤，回家后不上一个月吐血而亡了。胡家女儿，幼时生过天花，破了相，二十七八还没说上人家，为父亲主持家务。胡漱石年近六十，遭此打击，人顿时萎靡下去。他看自己日子不多了，担心女儿后半生没有着落，也不愿自己家传手艺由他一辈绝了根，就把聂小轩招到跟前，问他可愿继承自己的门户。如果愿意，须拜师入赘一起办。聂小轩早就迷心于"古月轩"绝技，只是不敢妄想学习；自幼和表姐相识，也没什么恶感，自然叩首谢恩。 于是请来本族人长，择吉日立了约，行了拜师礼，同时入了赘。 但胡漱石仍不放心，怕日后生变，便把制"古月轩"的技艺分作两半，配料、画图教给了聂小轩，烧窑看火传给了自己女儿，叫他俩起誓互不交流，为的是使两人永远合作，谁离了谁那一半技术都没有用处。

说到这里，聂师傅拉住乌世保的手说："没想到事过三十年后，我女人走了我内兄的旧路，又死在八国联军的炮火下边了。 幸好在此之前她把她的手艺传给了我的女儿，我父女合作才烧几只胡笳十八拍烟壶来。 如今我在这里吉凶未卜，万一出了意外怎么办呢？ 本来我也想学我师傅的办法，选一个既是女婿又是徒弟的年轻人，把技术传给他。 只怕没机会了。"

库兵说："听那话，九爷对您也没有歹意，何苦把事想得这么绝呢？"

聂师傅说："什么事都有个万一，万一发生不测，这门手艺绝在我这一代，我不成了罪人？ 当前最最紧要的是找个人把我的手艺接过去，我就无牵无挂生死由之了。 世界虽大，可我能见到的就是你们二位，只好求你们中间的哪一位来成全我这点心愿，给我个死后瞑目的机会。"

库兵说："我是粗人，出力出钱，我都能办，可这事不行。 我大字不识，画扁担都画不直溜，哪能学画呢？"

聂师傅把目光注视到乌世保身上。

乌世保沉吟了很久，才说："这事太重大，太正经了，我不敢应承。 我这三十来年，玩玩闹闹的事、任性所为的事干过不少，如此正儿八经的事我没干过，也不知道我能干不能干。 这样的重托，我可不敢应承。"

聂师傅说："我知道您有份家产，不愁衣食，也看不起以劳力谋生的卑俗事物。 可我问您一句，人活一世吃现成穿现成，天付万物与我，我无一物付天，大限到时，能心安吗？"

"这话我想也没想过。"

"打个比方，这世界好比个客店，人生如同过客。 我们吃的用的多是以前的客人留下的，要从咱们这儿起，你也住我也住，谁都取点什么，谁也不添什么，久而久之，我们留给后人的不就成了一堆瓦砾了？ 反之，来往客商，不论多少，每人都留点什么，您栽棵树、我种棵草，这店可就越来越兴旺，越过越富裕。 后来的人也不枉称我们一声先辈。辈辈人如此，这世界不就更有个恋头了？"

库兵在一边说："真有您的，连我也懂点意思了。 乌大爷，您还没参透这禅机吗？"

乌世保还有点难下决心，说道："如此绝妙的技艺，短时间内怎能学得成呢？"

"您能写、会画，又熟悉了我的画法，这就事半功倍了。 要紧的是学会釉色的配方。 怎样出红，哪样变绿，这里有一套诀窍。 我们世代口传心授，是最珍贵的。 坊间仿照'古月轩'的能人不少，有的已仿得极像，但就是有一招他们仿不出来，釉的种类和色气，我家祖传能出十三色，坊间赝品，出三色、五色，七色的就绝少了！ 我如今把这传给你，是豁出身家性命，乃托艺寄女的意思。 我是求您学艺，不敢以师自诩，咱们是朋友，朋友也是五伦之一，想来您不会有负我的重托的。"

乌世保看到聂师傅满脸诚意，想起自己病时人家对他的扶难济危之情，觉得再要推辞就显着太无情了。 他思忖一阵，忽然站起身来，整理了一下衣襟，纳首朝聂师傅拜了下去。 聂师傅急忙拦住说："这又是干什么？"

乌世保说："既然干正经事，咱们就郑郑重重。"

聂师傅说："我是代师传艺，绝不敢给乌大爷当老师。"从此二人正式授受了"古月轩"的绘釉技艺。

乌世保跟着聂小轩学了不到一个月，传乌世保去过堂了。 不知寿明使了什么法术，让书办做了什么手脚，新尚书审理旧案，一翻存卷，头一份就是乌世保的案卷。 题签上写着的理由却是端王派他去虎神营当差抗命不到。 尚书说："这虎神营也是招八国联军的祸首之一，他不到任不正好与他无干吗？"这尚书向来是不看本卷的，便召乌世保来过堂。 乌世保已得到寿明指点，上堂来不再哭爹喊娘了，只一个声地叫冤枉。 上边一问，他句句照实回答。 新尚书是满员，叹口气说："八旗世家就这么随意关押禁锢？ 可真是人心难测了！ 放！"并嘱咐书办把此案整理个简要文书，他要参前任一本。

乌世保这才磕了三个响头，结束了一年零八个月的铁窗生涯。

乌世保出狱时，聂小轩从腰中掏出个绵纸小包。打开来看是一对包金手镯。他叫乌世保以此作信物去见他女儿柳娘，柳娘自会相信他。

六

一跨出刑部大牢，乌世保看街街宽，看天天远，看人个个光洁鲜丽，看整个世界都明亮繁华，这才衬出来自己头发长、面色暗、衣裳破、步履艰。走道的人拿白眼往他这一看，自己先就软了八分锐气。不等人呲答，不由得就学黄花鱼往边上溜，低头急走，唯恐让熟人碰见。康熙年间，曾有旨意，八旗兵营在北京各有驻区，几百年下来，人丁消长，房产买卖，有了不少变化，乌家倒还住在烧酒胡同没动。几辈子的祖居还能认错吗？可乌世保进了胡同竟找不着自己的宅子了。他顺着胡同来回走了几遍，最后在他隔壁谷家门口停了下来。谷家是正白旗牛录佐领，跟乌家住了几代邻居。乌世保还和谷家大少是同窗，这门是认不错的。他就上前拍了几下门环，里边一阵响动，拉开了一条门缝，是门房周成。周成扫了一眼，马上把门又关上了，厉声说："走走，快赶个门去吧，我们历来不打发要饭的！"

乌世保忙喊："老周，是我！怎么连我也不认识了？"

"谁？"周成再打开门，定睛瞧了半天，发小声自问了一句："这是保大爷吗？" 接着就大声问候，打起千来，"大爷好！ 您的灾满了？"

"唉，好、好，可我怎么找不着家了呢？ 这刚搭的天棚、新油门柱、上了灰勾了缝的砖墙是我们家吗？ ……"

周成被问得张口结舌，一时不知怎么回答好。 这时后边走来一个穿洋绉短打，辫子打得松松的，手拿折扇的中年人，问道："周成，跟谁说话哪？"

乌世保凑上一步打千说："二叔，是我。 您哪！ 吉祥哪！"

"是世保啊！ 瞧你这身打扮是怎么啦？ 听说你跟蒙古王爷去山东发了财呀，怎么打扮得跟金松似的？ 要唱《跪门吃草》呀？"

"二叔，你玩笑，我这是……"

谷二爷把脸一板，冷笑道："当过拳匪，坐过大牢，你还有脸上这儿来？ 你不嫌丢人我还嫌丢人哪。 怎么摊上了这么个街坊！ 周成，关门！"

大门当啷一声又关上了。

乌世保气得浑身哆嗦，想喊喊不出，要走走不动。 正觉得头晕眼花，那门又开开了，仍是周成，却压低了嗓音：

"乌爷，快走吧。 你这宅子早已经卖给太平仓黄家了！"

"那我们家的人呢？"

"大奶奶去年冬天就归西了。 少爷叫刘奶妈抱走了。"

"您……"

这时谷大爷在里边喊周成。 周成摆摆手，把一吊大钱扔在乌世保脚前，蔫没声地把大门又掩上了。

乌世保只觉眼前发黑，胸口发堵，也不辨方向，直咕隆咚往前走。 刚走到南小街北口，从东边来匹顶马，两个戈什哈护着，一顶蓝呢大轿过来。 人们一见就喊： "快回避，豆芽胡同马老爷回府了！"众人躲还躲不及，乌世保却眼中无物耳边无声仍直着眼珠往前闯。 恰好一个地保走过，怕他犯了卤簿，出于好心，上去啪啪两个嘴巴，把他搡到一家烟铺大幌子下边，按他蹲了下去。 这两个嘴巴，把他打清醒了。 他哇的一声哭了起来。 哭了一阵，心里轻快些了，才想到如今投奔哪里去呢？

他低头看看自己一身褴褛，心想这副蓬头垢面的样儿见谁也不行。 天也黑了，腿也软了，腹也空了，不如找个地方先住下来，休息一晚明天再作盘算。 这里距朝阳门不远，那里有不少骡马客店，不如就近投那里去。 凭手中这串钱，吃几两面、蹲一宿大炕或许还够。

乌世保趔趔趄趄走到一个骡马店前，刚要进门，一个小伙计迎了上来，问道：

"找谁您哪？"

"住店。"

"往里请。"小伙计刚说完，一个端着水烟袋、趿着鞋的中年人从账房迎了上来，拦住乌世保问："上哪儿去？"

乌世保说："住店。"

"住店？"那人上下打量他两眼，冷冷地说，"没房了！"

"不住单间，伙住。"

"大炕上也满了，您趁着还没关城门，到关厢看看去吧！"

乌世保刚转过身去，就听那人念叨说："做生意要长眼，你招这么个人进来谁还敢来伙住？一脸烟气，几天没过瘾了，这种人手脚能干净吗？"

乌世保打个冷战，退了出去。木木地顺着人流出了城，来到护城河边上。看这城门内外，人来人往，竟没有一个为自己解忧之人；大道两旁，千门万户，找不出留自己投宿的一席之地，才相信自己是真落到孤苦伶仃、家败人亡的地步了，不由得长叹一声，说道："天啊！天！我半生以来不作非分之想，不取不义之财，有何罪过，要遭此报应呢？公正在哪里，天理在何方呀？"

那从城门口厢处传来的如风如潮的市井之声，随着他一步步彳亍远去，也低了下来。天暗了，回头望那市街上，已燃起一盏两盏风灯，亮起一扇两扇窗棂。他觉着心发沉，腿发软，口发干，气发虚，便扶着一棵歪脖柳树，在护城河岸上坐了下来，望着那黑黝黝、死沉沉的河水，他问自己：眼下连个住处都找不着，往后又怎么谋生活呢？于是那些败了

家、除了籍、流落街头的穷旗人的种种狼狈景象，一股脑儿
都出现在了他的眼前。 他问自己：要活下去，这种苦吃得了
吃不了？ 若算能吃，这口气忍得下忍不下？ 气或能忍，这
个人丢得起丢不起呢？

想来想去，越琢磨这世界越没有恋头，越寻思越没有活
路，不由得便抬头看了看那歪脖树，两手摸了一下腰上的褡
包……

您可听清楚了，我仅仅说他一时觉着死比活着容易，死
比活着好过，有点想死，可没说他已经下定非死不可的决
心。 想跟做这中间还差着好大一截路呢！ 人到了被厄运逼
得难以忍受时，总要找各种手段来进行抗争。 别的手段都找
不着，死已不失为一手绝招。 但是这一招只能用一回，而
且付出的代价太重，人们轻易并不肯用它。 "想一想"的时
候可是常有的。 "想一想"意思仿佛是对自己说："甭怕，
大不了还有一死。 两眼一闭，千难万苦又奈我何？"

乌世保正这么想着，双手松松褡包，以此来向厄运示示
威。 刚一解扣儿，就觉得腰间一动，哗啦一声，沉甸甸一样
东西砸在脚上。

"什么，莫非我还有用剩的银两忘在身上？"

他用手朝那包东西一摸，噢，原来是聂小轩交给他的那
副包金镯子。

"哎呀，净顾为自己的事悲苦，倒把聂师傅托的事忘了
个一干二净。"乌世保一边把镯子捡起，小心揣在怀里，一

边自语，"与朋友交而不信乎？ 聂师傅家我还没去，这件事
赤口白牙答应下来我还没办，怎么能半路上就去死呢？ 真要
去望乡台，也该等把这件事办妥当再走呀。"

　　想到这儿，乌世保振作一下，站起身来。 ……

　　乌世保这自言自语是心里话吗？ 他这人能为了别人的事
把自己死活置之度外吗？

　　乌世保说的倒是真话。 他这人虽然游手好闲，嗜吃等
喝，可一向讲信义重感情。 不过，这还是使他"起死回生"
的一半原因。 还有一半，刚才我们已说过，他虽有对自杀的
向往，但并没有决心去行动，暗地里正想再找出个充足的理
由来压下想死的情绪，支持自己活下去。 一见这镯子，当然
立刻回心转意，打起精神寻客店去了。

　　他心想这朝阳门是走粮车的大道，店大欺客，不如往北
奔东直门，那里专走砖车，店小势微，不敢欺人，便奔东直
门而去。 快到掌灯，才找到了个偏僻冷清的小店。 这店临
街三间穿堂，门口挂着个带红布的笊篱，门外用土坯砌了几
个长条高台算作桌子，摆了几个树墩、拗轴算作杌子。 乌世
保坐下，先要了四两饸饹吃下肚，才问掌柜的说："我要进
城，天晚了，你这儿可有方便住处？"掌柜见这人穿戴虽
旧，款式不俗，吃相文雅，算账时还给伙计两个镚子的小
费，便满脸堆笑地说："有有有。 东耳房一铺大炕，现在就
住着一位赶车的把式，您二位正好做伴。"便命伙计领他进
去，还特别叮嘱伙计给沏壶高末，打盆水洗脸。

车把式正盘腿坐在炕上，就着驴肉喝烧刀子。见又来了客人，忙欠欠身说："来了您哪。喝我这个？"乌世保从走出监狱快一整天了，到这时才碰到个说人话、办人事，并把他也当个人看的地方，而这地方竟是他几十年都未曾到过的。他冲这位素不相识的车把式深深打了一千说："偏了您哪！"

这车把式本来也是行个虚礼儿，见乌世保正经八百地谢他，索性跳下炕来拉住乌世保说："烟酒不分家。既然投店同宿，前生就是有缘的，说出大天来您也得赏我个脸。"乌世保闻到酒味，本也动心，经这么一劝，一边说，"那就恭敬不如从命了！"便坐到炕桌对面去。伙计一看这位客人入座了，上前边拿筷子时顺便把这新闻就告诉了掌柜的。掌柜的既好热闹，这种半乡下店主尚存几分古风，特意刮了两条丝瓜爆炒出来，端到屋里说："听说二位一见如故，给小店也带来喜幸，和气生财呀，我敬二位一个菜！"车把式拉店主入席，店主稍客气两句，也打横就炕沿坐下。从乌世保一进门，他就觉得这人有些蹊跷。几杯入肚，乌世保眼神有点活泛了，店主便打听乌世保的来历。乌世保正憋了一肚子话无处可讲，便把怎么受冤，怎么坐牢，怎么出狱后寻家不着，怎么到城关投店不收，一一讲了一遍。北京人向来管烧酒叫作"牛皮散"，有道是："喝了牛皮散，神仙也不管。"乌世保借酒倾诉一完，那车把式就借酒大骂起来，声称他要见徐焕章敢抽他鞭子，碰上谷佐领，准骂他祖宗。店主直等他拍着桌子把一肚子的侠肝义胆抖落净，这才插话："我说这位爷，您眼下打算怎么办呢？"

乌世保说："天亮我头一件事是去找朋友。"

店主摇摇头说："您头一件事是剃剃头，打打辫，洗洗澡，光光脸，然后借也好，赁也好，换一件洁净行头，就您现在这副扮相，进城找谁也找不到，弄不好净街的许把您当游民再抓起来。说句不怕您生气的话，东庙门口那叫街的都比您这身打扮圆囵！"

乌世保说："您说得蛮对，可是我赤手空拳，囊中惭愧。"

店主说："有东西还愁变不来钱吗？"

乌世保说："我蹲了一年多牢，连个送饭的都没有，哪儿来的东西？"

店主说："刚才在外边您付饭钱，我看见你从怀里掏出个烟壶来，茶晶背壶，隐隐约约像是里边藏有图画文字，这可是有的？"

乌世保不由得手往肚子上一揾，失声说："哟，敢情露了白了！"

店主说："开店的，这眼睛是干什么使的？正经客人带着贵重财物，我得经心点，照应点；黑道上朋友带来行货，我也不能不察，弄不好就得摊官司。要没这点分寸敢留您老住下吗？我是个俗人，不懂文玩古器。可到底是住在万岁爷的一亩三分地上，没吃过猪肉还没见过猪跑吗？知道这不

是个等闲之物。恕我直言，按您现在这穿装打扮，这东西带
在身边准给您招祸。见财起意也好，诬良为盗也好，这世界
上什么人都有，黄鼠狼可专咬病鸭子。不说别的，就来几个
青皮无赖，找由子跟您打一架，就势把东西抢走您能怎么
着！依我说，不如卖了。像您这样的世家，这些玩物必不
止这一件。明儿找到少爷，您玩什么没有，何不用它救个急
呢？"

乌世保听他讲得有理，并且也想趁机试试他这内画技
艺，就点点头说："那明天我拿到古玩店叫他们看看。"

店主笑道："您又差了。店大欺客，凭您这身打扮，人
家一看您就等银子使唤，他们能不压价吗？"

乌世保问："你说该怎么办？"

店主说："我替您找几个熟人看看，他们要，咱就省事
了，他们不要，我陪您到鬼市儿走一趟。不过丑话说在前
头，私下买卖，佣钱是成三破四，上鬼市儿可就凭您自个儿
赏了！"

这店主原是个替人跑合说生意的行家。

当年往两江福建去的水路是靠运河。通县①通北京的石
板官道在朝阳门外，这东直门的关厢是个冷落所在。在这一
带开店房，免不了接待合字上的朋友，替他们销赃落个水过
地皮湿。这种买卖是进不得高台阶大字号明来明去做的。

───────────

① 今北京通州区。

店主联络下的主顾不过是当铺老西和鬼市儿上夹包打鼓的，所以他不劝乌世保去古玩铺。他已相信乌世保不是贼了，但在做生意这点上他还得拿他当贼对待，好赚两个佣钱花花。他见乌世保赞同他的主意了，便要求乌世保把烟壶拿出来过过目。

"好东西！"车把式见乌世保掏出烟壶来，抢先抓到手中看了一眼，不由得叫了出来，"这枝枝叶叶的，您说可怎么画进去的？有这个您还愁换不了行头吗？我赶半年车怕也赶不出这么个烟壶钱来！"

"那你小心掉地上摔了，连车带马赔进去！"店主开个玩笑，把烟壶夺了过来，仔细地品鉴。店主是粗人，这方面二五眼。但那年头时兴用这种东西，更何况他还常替人倒腾货，见得多了，自然就懂点门道。内画技术自嘉庆末年道光初年至现今，已有了七八十年的历史，人们也看熟了。甘恒、马彤、桂香谷、永受田等人，玩烟壶的人大多知道。新近的内画家有几个简直是家喻户晓。如马少宣能在拇指大的壶内恭楷书写全篇《九成宫》；业仲三画的红楼人物、聊斋故事被称为一绝。而玩烟壶的人若不知道周乐元的名字就像书家不知王羲之，简直要被人笑掉大牙。这周乐元把龚半千的樊头披杖法用到了内画壶上，所画的《寒江钓雪》《风雨归舟》和《竹兰图》，人称神品。店主曾经手替人卖过一只《三秋图》壶，刚才瞥了一眼乌世保的烟壶，觉得与那壶很像，是周乐元的作品，所以紧抓住不放。看了一会儿后，他却"唉"了一声，摇起头来。

乌世保问："您看出什么包涵来了？"

"没落款！"

"那'长白旧家'四个字也算款！"

"没有印！"

乌世保心里想："大狱里弄到墨就不错了，上哪儿弄红色去？"便说："马少宣的壶也常不押印。"

最后店主说："别的壶都是磨砂地、暗茶地，您这壶怎么透亮的？"

乌世保不由得"哦"了一声。他一直觉着自己画的画跟通常的内画壶有点什么地方不像。店主这一点他才明白，别人画的壶画画面透明，壶壁并不透明；他这全是透明的，所以线条不精神、色调没光彩。他想起见过早年甘恒画的一个壶，也是这么透明的，但人家那是白水晶坯子，看得清晰。他便说："这个你不懂。道光年间画的壶多是透亮的。这才证明我这壶够年头！"

车把式困了，又听不懂他们的话，便说："你们在这儿争有屁用，明天市上看行市要价呗。我后半夜就套车去黄寺，你们要跟车可早点歇着！"

七

天交四鼓，车把式就套好了铁箍大车，顺着护城河往北往西，奔德胜门外而来。

在德胜门外，天亮之前有两个市集，一叫人市，一叫鬼市。两个市挨着，人们常常闹混，说："上德胜门晓市儿去！"其实这两市的内容毫不相干。人市是买卖劳动力的地方，不管你是会木匠，会瓦匠，或是什么也不会却有把子力气，要找活儿干，天亮前上这儿来。不管你是要修房，要盘灶，要打嫁妆——那时虽不兴酒柜沙发，结婚要置家具这一点和当代人是有共同趣味的——天亮前也到这儿来。找人的往街口一站说："我用两个瓦匠、一个小工！"卖力的马上围上去问："什么价钱？"这样就讲定雇用合同。那时钟表尚未普及，也不讲八小时工作制，一律日出而作、日入而息。这交易必须赶早进行，大体在卯时左右，干这个活儿的人称"卖卯子工"。

鬼市可是另外一套交易。这里既不定点设摊，也不分商品种类，上至王母娘娘的扎头绳，下到要饭花子的打狗棒，什么也有人买，什么也有人卖。不仅如此，必要的时候还能订货，甚至点名要东西。你把钱褡子往左肩一搭，右手托起下巴颏往显眼的地方一站，就会有人来招呼："想抓点什么？""随殓的玉挂件，可要有血晕的。""有倒是有，价儿可高啊！""货高价出头，先见见！"这就许成就一桩多少两银子的生意。当然也有便宜货。"您抓点什么？""我这马褂上五个铜纽掉了一个。""还真有！""要多少钱？""甭给钱了，把您手里两块驴打滚归我吃了就齐！"

这也算一桩买卖。 在这儿做买卖得有好脾气，要多大价您别上火，还多少钱他也不生气。 "这个锡蜡扦儿多少钱？" "锡的？ 再看看！ 白铜的！" "多少钱？" "十两银子！" "不要！" "给多少？" "一两！" "再加点。" "不加！" "卖了。" 怎么这么贱就卖！ 蜡扦是偷来的，脱了手就好，晚卖出一会儿多一分危险。 因为有这个原因，在这儿你碰到多重要的东西也不能打听出处。 也因为有这个原因，确实有人在这儿买过便宜货。 用买醋瓶子的钱买了件青花玉壶春的事有过，要买铜痰筒买来个商朝的铜尊这事也有过；反过来说，花钱买人参买了香菜根，拿买缎子薄底靴的钱买了纸糊的蒙古靴的事也有。 但那时的北京人比现在某些人古朴些，得了便宜到处显摆，透着自个儿机灵！ 吃了亏多半闷在肚里，唯恐惹人嘲笑。 所以人们听到的都是在鬼市上占了便宜的事。 自以为不笨的人带着银子上这儿来遛早的越来越多。 有人看准了这一点，花不多钱买个料瓶，磨磨蹭蹭，上色作旧，拿到市上遮遮掩掩、鬼鬼祟祟故意装作是偷来的，单找那灯火不亮处拉着满口行话的假行家谈生意。 若是旗人贵胄，一边谈一边还装出副不想卖、急于躲开的模样，最后总会以玛瑙、软玉的高价卖出去。 天亮后买主看出破绽，鬼市已散。 为了保住面子，反而会终生保密的。

四更多天，乌世保和店主坐大车到黄寺的西塔院。 车把式告诉他，这塔院是当年萧太后的银安殿，乌世保很流连了一会儿。 前些年在庆王府堂会上，他听过一次杨月楼的《探母》，梅巧伶扮演的萧太后。 他设想那胖胖的萧太后要在这院里出入走动，可未免有点凄凉。 因为这时北京的黄教中心挪到雍和宫了，黄寺已经冷落。

店主领着乌世保往西走了里把路，往南一拐，就远远看见了灯火如豆，人影幢幢的鬼市，而且听见了嘈杂声。 他们急走几步，不一会儿就到了近处。 虽然是临街设市，但是极不整齐，地摊上有挂气死风牛角灯的，有挂一只纸灯的，还有人挂一盏极贵重又极破旧的玻璃丝贴花灯。 摊上的东西，在灯影里辨不大出颜色，但形状分得出来。 锅碗瓢盆、桌椅板凳、琴棋书画、刀枪剑戟；索子甲、钓鱼竿、大烟灯、天九牌；瓷器、料器、铜器、漆器；满族妇女的花盆底、汉族贵妇的百褶裙；补子、翎管、朝珠、帽顶……有人牵着刚下的狗熊崽，有人架着夜猫子，应有尽有，乱七八糟。

乌世保问："咱们也没带个灯来，怎么摆摊呢！"

店主笑道："到了这儿您就少说话吧！ 瞟着我别走丢了就行。"

店主走到一个摊前停下，蹲下来看摊上的货物。 这摊不大，一块蓝布上摆了两个笔洗，一方砚台，几个酒杯，还有三四个瓷烟壶。 店主拿起一个盘龙粉彩的壶问："要多少？"卖的人伸了四个手指头。 店主把它放下，站起身来。那人问："你给多少？"店主说："三爪龙也能卖钱吗？"那人马上说："要好的说话呀！"便从腿下抽出个钱褡子，从钱褡子里掏出个绵纸包，轻手轻脚打开绵纸包，又拿出两个用棉花裹着的烟壶来。 乌世保伸过头凑近去看，只见一个是马少宣内画壶，画着谭鑫培战长沙的戏装像；另一个竟是模刻上彩的《避火图》。 店主问那内画壶的价钱。 卖主说："少二十两不卖。 因为是料坯，若是水晶坯怕加倍你也买不来！"店主说："二两卖不卖？"那人说："好，大清早先来个玩笑，抬头见喜了。"店主使个眼色，招呼乌世保又往前走。 他们又走了几个摊，见到烟壶就问价，然后走到路灯下一个大摊前，店主悄悄说："刚才打听下行市，您有底了吧？ 咱这个壶多说能卖十五两银子。"乌世保假装叹口气，心里却十分高兴。 他这茶晶壶当初是十两银子买来的。他有生以来，凡卖东西总要比买价赔一点，这回竟能挣几两，这可改了门风了。

这个大摊，摆的多是文物摆设：有几个粉彩帽筒、斗彩掸瓶、大理石插屏、官窑的绣墩、几套石章子、一些玉挂件，也放了几个烟壶。 其中有两个内画的是蛮人仕女（那时庚子才过，人们管画上的西洋人还一律称作蛮人）。 这时正有一个瘦高个儿，弓腰驼背地蹲在地上掂量这两个蛮人壶。卖主要五十两，他出三两一个。 卖主落到四十两，他每个壶加半两，给七两银子买一对。 最后竟然用十五两银子把这一对壶买了下来。 这人付了钱，用手帕把壶包起来走了。 店主就一步不离地紧跟着。 走出四五丈远之后，他往前凑了一步，横挡在那人身边说："这位爷，我刚才看了半天，见您是个实打实要买货的人，我这儿有点东西您看看怎么样？"

说完也不等那人应允，径自从腰里掏出烟壶递了上去。那人握在手中用大拇指上下抚摩了一下，大略看了看，敷衍地说："好壶，好壶！要多少钱？"店主说："不打价，您给二十两银子！""值，值！您再找别人看看。好东西，不怕卖不出去！"说着把烟壶塞回店主，继续走路。店主又紧追几步说："您再看看这东西，不要没关系，出个价嘛！"那人无奈，又站住了脚，第二次把烟壶拿到手中，比较认真地看了一眼，这才看出茶晶瓶壁上还有内画。他举起来迎着路边一盏风灯看了看，认真地又问了一句："要多少钱？"

"刚才说了，不打价，二十两。"

"要有印就值了，没印。"

"您给十八两！"

那人又把烟壶举起来看，忽然"哦"了一声，仔细端详一阵，急迫地问道："你这壶是哪里来的？"

"哪儿来的？您是真不懂这儿的规矩还是起哄？"

那人把壶攥得紧紧地问："别误会。你告诉我这壶从哪儿来的？"

"甭管哪儿来的，不是偷的就得了！"

"我没说你偷！我问你哪儿来的？这壶经过我的手，是我卖出去的。我正要找这个买主！"

这时乌世保从黑灯影里闯了出来，拉住那人说："寿大爷！我看着像您，可不敢认，在后边看了半天了。"

"你？乌大爷，您出来怎么也不给我个话儿呢？今天再不见您，我要上刑部打听去呢！"

乌世保掏出手绢来擦擦眼："我正要找您哪！ 可您瞧我这扮相，能上街吗？ 这才打主意卖点东西换换行头……"

寿明问烟壶哪儿来的，把店主吓了一跳，他以为这壶确实是乌世保偷的叫人认了出来，正想溜开。 现在看到不是这么回事，他就又从黑地里钻了出来："噢，二位早认识呀，久别重逢，大喜大喜！"

乌世保忙向寿明介绍这位店主。 寿明听后问乌世保："你店里还存放着东西吗？" 乌世保说："没有。"寿明从怀里掏出一吊大钱给店主说："我们哥俩儿总没见，我接他到我那儿住几天，您没少为我这朋友操劳，这钱拿去喝碗茶吧！"

店主嘴上称谢，心里好不懊丧。 认为这寿明是个古董贩子，看上那烟壶有利可赚，把乌世保挖走好独吞利钱，抢走了他挣佣金的机会。

乌世保问："您怎么今天也上鬼市来了？"

寿明说："我这是常行礼儿。"

乌世保说："您倒有闲心。"

寿明说："我不倒腾点买卖吃什么？ 你进去这一年多，外边的情形不知道，让我慢慢跟你说吧！ 国家要给洋人拿庚子赔款，咱们旗人的钱粮打对折。 人荒马乱的也没人办堂会请票友，我这买卖也拉不成了。 旗人也是人，不做买卖我吃什么呀？"

乌世保说："我家的事您知道吗？"

寿明说："我全知道。这里不是说话的地方，到家里我慢慢跟你讲。"

八

乌世保放出去的第二天早上，也就是他正跟着店主在鬼市上转悠的时刻，九爷府两个差人，一个打着灯笼，一个牵着头骡子，来到刑部大牢，接聂小轩进府。牢子来喊聂小轩的时候，他和库兵还正睡得香甜。牢子用脚踢踢聂小轩说："起起起，我给您道喜了！"

聂小轩听了吓得一哆嗦。当年的规矩，凡是起解或出红差，必在五更之前，牢子说"道喜"，凶多吉少，他马上推了库兵一把说："兄弟，我这一走，也许就此辞世了……你如果能出去，千万给我家送个信。把今天日子也记清楚，免得子孙记错了忌日。"

牢子拍了一下聂小轩肩膀说："你想什么了，是九爷派了下人来请你。"这时两个差人已等得不耐烦，在外边连声催喊。牢子连拉带推，把聂小轩赶出了门，又重重下锁。库兵睡得吆而八怔，聂小轩这话虽听清了，可一时没明白意思，等他琢磨过意思来，小轩已经出了门。他就追到牢门上大喊一声："你放心走吧，我决忘不了你的嘱咐。"小轩听喊，又回头说了一句："跟你侄女说，我别的挂虑没有，就怕祖传的手艺断了线。 叫她找乌大爷……"下边话没说完，一个差人拽住他说： "啰唆什么，九爷那儿等着呢！ 叫他老人家等急，你我都担待不起。 快走吧！"出了门，两人把他扶上骡子，一路小跑奔前门外而来……且慢，那时的王孙公子全住内城，这九爷是何人，怎么单住在前门外？

九爷是某王爷的老少爷，十二岁那年受封"二等镇国将军"。 本来眼看着就要受封贝子衔的，因为他和溥儁自幼不睦，西太后封溥儁为大阿哥时，他酒后使气说了几句不中听的话，传到太后耳朵去了，从此冷落了他，把个贝子前程也耽误了。 有这点疙瘩在心，九爷表面沉湎于声色犬马，内底下却和肃王通声息，与洋人拉交情。 他花钱为一个名妓赎身，在前门外西河沿买了套宅院作外宅，像是金屋藏娇，不务正业。 实际是躲开宫里的耳目，在这地方办他的"洋务运动"。 他穿洋缎，挂洋表，闻洋烟，听洋戏匣子，处处显示洋货比国货高。 最有力的证据是大阿哥投靠太后，到头来垮了；自己拉拢洋人，庚子以后眼见得扬眉吐气。 按着《辛丑条约》，清政府要派人上东京去向日本政府赔罪。 朝廷定下赴日的特使是那桐。 肃王就告诉那桐，要想这件事办顺溜，得让九爷当随员。 那桐把这话奏知老佛爷，讲明要九爷出洋是洋人的意思。 老佛爷尽管不待见九爷，也不敢驳回。 九爷这些日子忙着准备放洋的事，把聂小轩忘在脑后去了。 这天因准备送给日皇和山口司令等大臣礼物，他又看了那一套胡笳十八拍的烟壶，这才想起在刑部大狱还寄放着一个人，就叫人们去叫聂小轩。 九爷的习惯是夜里吸烟早上睡觉，发令时正好后半夜亥时。 下人们把聂小轩带到前门外小府时已是早上，九爷该睡觉了。 管事就把小轩放在马号里，等下午九爷醒来再回事。

九爷当初买到胡笳十八拍的烟壶，越看越爱，唯恐聂小轩烧出一套来再卖给别人，他这一套就不算孤品了，就急忙把小轩抓来，想嘱咐他不许再烧这个花样。 如今过了这么久，他这股热气冒完了。 况且又想把"十八拍"送给东洋人，是孤品也不属于他，就打算赏几两银子，放聂小轩回去。 要是早晨聂小轩走得快一点，或是九爷睡得晚一点，这事也就这么了啦。 偏偏聂小轩来晚了一步。 下午午末未初，九爷醒来，底下人回事说海光寺的和尚了千和聂小轩都等他召见，问他先见谁。 "进京的和尚出京的官"。 这了千自湖南衡山前来京城，手中托着个金盘，金盘里放着他自己剁下来用滚油煎焦了的右手，专向王公大臣募化，发愿修一片文殊道场，一时在九城传为奇闻。 九爷一向爱捅娄子看热闹，自然先传他。 九爷穿上便服，趿着鞋来到垂花门内的过厅，下人们就把和尚领进来了。 和尚打了问讯，九爷赐坐，问了些闲话，和尚就掏出了化缘簿向九爷募化。 九爷说："慢着！ 说你剁下手来发愿，要募化一座道场。 钱我是有的，可得见见真章。 我连你那只手都没见到，怎么就要钱呢？ 你把红布打开我瞧瞧。"和尚连忙又打个问讯说："阿弥陀佛，不要污了贵人的眼。"九爷说："你少废话，打开我瞧瞧！"

和尚无奈，就跪到地上，掀起红布，把那只炸焦的手举过了头顶。九爷正低头下视，他这一举，黑乎乎像鸟爪似的，一只断手差点碰了他的鼻子。九爷打个冷战，一拍桌子说："混账！这哪里是人手，你弄了什么爪子炸煳了上北京蒙事来了？"和尚说："善哉，小僧发愿修庙，一片诚心，岂能做欺天瞒人之事？"九爷说："你要真正心诚，当我面把那只手也剁下来，不用你叫化，我一个人出钱把庙给你修起来怎么样？"和尚汗如雨下，连连叩头。九爷说："来人哪，把他左手垫在门槛上，当我面拿刀剁下来！"呼啦一声过来两个戈什哈，就把和尚揪住，拉到门口，卷起袖子，把那剩下的一只左手腕子垫在门槛之上，嗖的一声拉出把钢刀。和尚一惊，就晕了过去。九爷摆摆手，戈什哈收起了刀。九爷说："弄盆水把他泼醒了！"

戈什哈端来两盆凉水，兜头泼下。那和尚一个冷战醒了，看看手还在臂上，甩了甩哪儿也没伤，赶紧给九爷叩头。九爷大笑着问："刚才这一下怎么样？"和尚哭丧着脸说："吓贫僧一跳！"九爷说："你把个烂手猛一举，差点碰了我的鼻子！你吓我一跳我不吓你一跳？行了，拿化缘簿去找管事的，说我捐五百两银子。"

和尚晕头涨脑地走了。九爷被这件事逗得大为开心，就叫人去传聂小轩。聂小轩来到门外，不敢骤进，隔着门就跪下磕了个头。九爷心情正好，看小轩的破衣烂衫也觉有趣，见他那战战兢兢的神态也觉好玩，就笑嘻嘻地说："你把手伸出来我瞧瞧！"

聂小轩大感不解，迟迟疑疑地伸出了两只手。坐牢久了，不得天天洗漱，一双手又脏又瘦，他很羞惭。可是九爷不管这些，看完手心又叫他翻过手背，然后对两边的下人们说："啧啧啧，你们都看看，这也叫手！和尚那只手，光会敲木鱼，一剁下来就成千成万地募化银子；这手会烧'古月轩'，能画蔡文姬，该值多少钱哪！我买了，你出个价吧！"

聂小轩说："那套烟壶钱九爷不是已经赏给小的了吗？"

"不是买烟壶！"底下人凑趣说，"九爷要买会做烟壶的这双手！"

聂小轩答道："回爷的话，这手长在小的身上，它才能做事，要剁下来就不值钱了！"

聂小轩本是句气话，可九爷认为他答得机智，便说："好，连人带手一块儿卖我也要，光卖手我也要。咱们立个字据吧，要连人一块儿卖，以后你做的'古月轩'只准卖我一个人，不准外卖，我给你身价银子。要光卖手也行，卖了手以后你不能做了，九爷我养着你。"

聂小轩一听，浑身都软了，再不敢答话。九爷便说："管家，把聂小轩带到马号好好照应，我给他一天工夫让他想想。到下晚要想不出主意来就得听我的了。"

聂小轩连声大喊："九爷开恩，九爷开恩！"过来两个戈什哈，把他架走了。九爷笑了一阵，吩咐管事，明天给聂小轩准备十两银子，送一身旧衣裳放他走，今天先逗弄逗弄他。

管事见九爷高兴，便讨好说："爷，您叫奴才预备的一百只羊奴才可预备好了。赁的对过羊肉床子的，一天三两银子。多咱派用场您吩咐奴才！"

九爷一听，越发高兴，大笑着说："现在就用。派羊倌把它们赶到义顺茶馆门口，在那儿等我。"

义顺茶馆在宣武门外偏东，离虎坊桥不远。本是梨园行、古董行出入之地，王亲贵族很少光顾。九爷爱寻开心，有时换上件下人们穿的土布长衫，蓝打包，混充下等百姓，到前门外闲逛。这天又这个打扮出来了，正好在琉璃厂那儿碰见个耍猴的。耍猴的备了个小车，套在山羊背上，让猴赶车绕圈。九爷看着高兴，花十几两银子连羊带车全买下来了。他要买猴，人家不卖，他就叫耍猴的背着猴，自己牵着羊，一块儿回王府，要给老王爷演一场。走到义顺茶馆，他叫耍猴的在门口等他，他自己牵着羊进里边去喝茶。进门之后，他刚找地方坐下，跑堂的就过来说："这位爷，我们这儿可不兴把羊牵进来喝茶。"九爷说："我歇歇腿就走。羊又不占个座位，怎么不能进？"柜台上坐着位少掌柜，是个新生牛犊。就说："牵羊也行，羊也收一份茶钱！"

"那好说！"

喝完茶，九爷果然扔下两份茶钱。那伙计还犹疑，拿眼问少掌柜，少掌柜没好气地说："看什么，收下不结了？"九爷上了火，回来就吩咐管家给他借一百只羊，借不到买也要买来！

九爷吩咐完管家，吸了几口烟，吃了点心，叫人备上马，直奔义顺茶馆。到了门口，把马交下人牵着，自己走近柜台去，下午茶馆有评书，请的是小石玉昆说《三侠五义》，上了有七成座。这时还没开书，茶座的人都隔着窗户往外看，见街上有两个戴红缨帽的看着一群羊，既不进也不退，把许多车马行人都截在那里，人们估不透怎么回事。九爷来到柜台前，见换了个有胡子的坐在那儿，就问："那个少掌柜哪儿去了？"

少掌柜本来在后屋算账，听见有人找，便探出个头来问："什么事？"

九爷说："前几天我来喝茶，你收了我两份茶钱，人一份，羊一份，可是有的？"

少掌柜一听这话，再打量这人，便想起了那天的事。这也是个财大气粗、觉着全北京城都着不下自己的人物，便索性走近一步说："有这么回事，怎么着？那天便宜，今天要来还涨钱了，一个羊得收两个人的茶份！人两条腿，羊四条腿，我这按腿收钱！"

九爷点点头，扔下一块银子说："一只羊四个大钱，一百只就是四百大钱，你称称这银子，多点不用找，算给了小费了！"说完就朝外边大喊一声，"给我轰进来！"

话音刚出门，一个戈什哈就打开了门帘，另几个人把鞭子抽得啪啪响，羊群像潮水一样涌了进来。喝茶的人一看，叫声不好，夺路要走，门口挤满羊群，哪有插脚的地方，只得打开窗子，鱼跃而出。一时街上也知道这茶馆出了热闹，都扒着窗户往里瞧。羊群进门以后，东闯西撞。这是群山羊，不是绵羊，登梯上高，连灶王爷佛龛都顶翻了。茶壶茶碗摔得一片清脆的响声。那少掌柜本还想发作，老掌柜赶紧把他一拉说："别攘业了，快磕头吧，你没看他里边露出黄带子来吗？"

九爷看着热闹，笑了一阵。到门口骑上马，奔肃王府商量给日本人送礼的事去了。

九

寿明把乌世保领到自己家中，这才谈乌世保蹲牢期间他家中出的变故。

乌世保在家中，除去忙他自己那点消遣功课，从不过问别的事。乌大奶奶自幼练就的是串门子、扯闲篇、嚼槟榔、斗梭胡的本领。从嫁给这无职无衔的乌世保，就带来八分委屈，自然不会替他管家。他们的家务就一向操在乌世保的奶妈手里。

奶妈姓刘，三河县①人。 三十几岁上没了丈夫，留下一个儿子，如今已成家，在三河开个馒头铺，早就来接过母亲，请她回去享晚福。 当时乌世保的父亲刚得了半身不遂，没人伺候，奶妈没走。 乌世保父亲去世后，乌世保生了儿子。 这时乌家的家境已雇不起奶妈，乌世保求奶妈再帮两年忙，奶妈磨不开面子，又留了下来。 旗人家规矩，奴仆之中，唯独对奶妈是格外高看的。 奶儿子若成了家主，奶妈便有半个主子的身份。 刘奶妈看不惯主子奶奶那骄横性儿，处处怕奶儿子吃亏，便免不了在开支上和乌大奶奶有些别扭。乌大奶奶明着冲奶妈甩闲话，暗着跟乌大爷耍脾气。 乌世保不哼不哈，心中有主意，准知道奶妈一走这点家业就要稀里哗啦，对奶妈决不吐一个"走"字。

乌世保一进监牢，事情麻烦了。

刘奶妈和徐焕章的爸爸同时在乌府上做过事，知道他的人品，这次徐焕章上乌府里来，又大模大样、装作不认识刘奶妈，刘奶妈就劝大奶奶别听他花马吊舌。 大奶奶不听，她要刘奶妈把放在外边的银子催回来拿去运动官司，刘奶妈又不肯。 于是大奶奶就撕破脸大闹了起来，又哭又骂，向四邻诉说刘奶妈阻拦营救大爷出狱，为的是等大爷死在牢里好昧下乌家财产。 刘奶妈忍得了这口气丢不了这个人，求佐领谷老爷做干证，交代清楚账目回三河县去了。

---

① 今三河市。

　　大奶奶是自己做不熟饭的，何况还带个孩子？ 便雇了胡同口一个裱糊匠的女人何氏来当老妈。 这何妈挣的是钱，图的是赏，自然处处顺着大奶奶的意思来。 大奶奶平时爱斗梭梭胡，自从大爷出事，斗牌的伙伴都不来约她了，成天闷得发呆。 这何妈跟花会跑封的许妈是干姐妹，会唱三十六个花名："正月里来正月正，音惠老母下天宫，合同肩上扛板柜，碰上了红春小灵精……"她带着孩子睡觉时就哼，大奶奶听着好玩，也学会唱几段。 她问何妈这词东一句西一句是怎么意思，何妈说："这都是花名，押会用的。 音惠是菩萨，您要做梦梦见观音大士就押阴会，一两银子押中了赢三十两呢！ 红春是窑姐，板柜是木匠……"大奶奶听得有趣，便问："这上哪儿去押呢？"何妈说："不用您跑腿，会上专有跑封的。 您要押，她就上您家来。 您押哪一门，多少银子，写清楚包好交给她。 明天开了会，她把会底送来，您要赢了，她连银子也就带来了。 您就赏几个跑腿钱。 不赢呢，她白跑。"三说两说，何氏把跑封的许妈招了来，大奶奶就试着押会。 这东西不押便罢，一押就上瘾。 今天做个梦，梦见有人抬棺材，押个板贵，赢了；明天早上一睁眼先回忆夜里做了什么梦，赶紧再押。 若输了呢？ 又想翻本，更要接着押。 时间长了，自然有输有赢，但总是输的多赢的少。 而且常常是押的注大时多半输，注小了反倒赢。 一来二去，大奶奶变卖首饰家产来的银子，大宗给了徐焕章，小宗输给了花会，还拉了一屁股账，终于连月钱也不能按时开，何妈也辞工走了。

刘奶妈在儿子家住了几个月，不放心小少爷，赶上过五月节，买了点桑葚、樱桃，和一串老虎搭拉，包了一包粽子，进京来看望。 一见这情形，眼圈就红了。 问道："我指望没我气您了，您这日子该有起色了。 怎么刚几个月就败到这份儿上呢？"大奶奶不好说打会输钱，只说连日生病，衙门里又要花销，两头抻搭的。 钱是有，就是没工夫去收账。 刘奶妈心想你的家底全在我肚子里装着，还跟我吹什么呢？ 有心不管她，又觉着对不起死去的老爷活着的大爷，就给她留下了几两银子说："不知道大奶奶欠安，也没给大奶奶带点什么可口的吃食来。 这几两银子您自己想吃什么买点什么吧。 我现在儿子家正盖房，我也不得闲，等我安置好了，再来看您。 那时候要是大爷还没出来，您身体还没大安，就把小少爷交给我去带着。"大奶奶一听忙说："等你安置好谁知是多早晚了？ 我近来总是吃不下睡不着，实在没力气带孩子。 你既有报效主子的心意，现在你就把阿哥带走吧。 等过了年你再送他回来，那时候大爷总该回来了。"刘奶妈原就舍不得扔下小少爷受委屈，便收拾了几件小孩的衣服被褥，带着小少爷搭进京送土产的大车回三河县了。 她想头下雪总还要送这孩子回京看看他妈。

刘奶妈把孩子带走，大奶奶生活更加百无聊赖，只好反锁上门到娘家去混日子。 娘家老人都已不在了，大哥当家，这位参领爷不仅继承了上一辈的职务，也继承了女人当家的家风。 参领夫人初过门时，这位小姑没少替她在婆婆面前上眼药。 今日姑奶奶混得跟熄家雀似的回娘家来，能不以牙还牙以眼还眼吗？ 要知道这位参领夫人也是下五旗出身，也有说大话、使小钱、敲缸沿、穿小鞋的全套本事。 乌大奶奶没住多久，参领老爷偷偷攑给妹子四十两白银，劝她说："亲戚远离香，您还是回宫降吉祥吧。"

到这时，乌大奶奶才尝到财去人情去的滋味。 后悔把产业变卖得太干净，银子花得也太顺溜，第一次顾虑起乌大爷回来不好交账的事了。 她想拿这四十两银子做本再挣回点利息来，恢复点元气。 若真拿这几十两银子做本，摆个小摊儿，开个小门脸儿，未见得不能混口棒子面吃。 可大奶奶既不懂做生意的门道，又怕伤体面，也没有谋求蝇头小利的耐烦心，简便痛快的路径还是押会。 人不得横财不富，押会发财的例子可有的是。 听说东直门外有母女俩，在乱葬岗子睡了十天觉求来个梦，回来卖了三亩地押会，一下子赢回九十亩地来，成了财主。 雍和宫后街蒙古老太太那仁花，穷得就剩下三间房，她把它卖了，到安定门外窑台边去求梦。 一个小媳妇给她托梦来了，那小媳妇说："我是押花会输光了上吊死的。 我告诉你个花名，你明天去押。 狠押注，把那开会局的赢死给我出口气。 你可记住，赢了钱别忘给我刻块石碑，修个小庙。"这老那仁花把一百两银子押上，一下得了三千两，就在那院里给吊死鬼修了个小祠堂。 许多人都去看过……这都是何妈今天三句明日两句给她零打碎敲散布的，这时一股脑儿全想起来了。 便在"十月一，死鬼要棉衣"的那个下午，她糊了几个包袱，关城门之前出了朝阳门，上八里庄西北角那片义地求梦去了。 这四十两银子是她最后起家的血本，怕放在家中半夜叫贼偷去，她卷在包袱皮里围在腰上，外边用棉袍罩住，随身带到了坟地里。 她反锁门时，隔壁周成正拿着竹笤帚打扫大门口，招呼说："哪儿去您哪？"大奶奶说："我许下个心愿，出城烧俩包袱。 家里没人，劳驾您多照应点。"周成说："这么晚出城还赶得回来吗？ 听说城外晚上可不大太平！"大奶奶说："放心吧您哪！ 敢欺侮旗家娘儿们的小杂种还没生出来呢！"各户都是关上门过日子，周成又不是爱扯闲话的人。 大奶奶走了一天一宿这胡同没第二个人知道。 那时候还刚兴用煤烧炕。大奶奶技术不熟，火没压死。 傍天亮时火苗蹿上来把炕头可就烤红了。 接着席子、褥子就一层层地往上焦煳。 因为压得厚，叠得死，光冒烟不起火，这气味可就大了。 到中午时分，左邻右舍都翻褥子揭炕席，以为自己家烧着了什么。 谁家也没找着火星。 这味越来越大。 到了下午，人们干脆推开门到胡同里查火源，才发现乌家房顶在往外冒烟。 再一看大门反锁着，大伙就炸了锅了："这得去看看呀！ 她自己烧了不要紧，火一起来可不分亲疏远近哪！"最近的邻居是谷佐领，佐领下命令踢开了乌家大门，众人拥进院里，见那烟是从堂屋里间钻出来的，就不顾一切又去拉堂屋的风门子。风门被吸得紧紧的，众人费了多大力量，才猛然把它拉开。

门一开，风一进，只听"嗵"的一声，就像炸了个麻雷子，所有窗纸都鼓破了，火苗从各处带眼带缝的地方喷了出来。走在前一排人的辫梢、眉毛都吱啦一声燎得卷了毛。人们费了一个时辰工夫才把这场火救下，总算没蔓延到两侧邻居家中。可乌家已烧得一窝漆黑，连房顶都塌下来了。佐领一面上大兴县①报官，一面打发人去正蓝旗请大奶奶娘家人。正蓝旗参领老爷来后一看，吓得手脚乱哆嗦，直问："我们姑奶奶呢？"这时周成才说，头天下晚看她夹着纸包袱出城还愿去了。参领说："阿弥陀佛，脱过这场灾就好，我还以为她烧在里边了呢！"这时大兴县来勘察火场的差人也在场，一听这话瞪起眼，张开嘴，喘了几口大气，有点结巴地说："这事可别碰得太巧了！八里庄西北角水坑里今早上可捞上来个女尸首，旗装打扮，还没弄清是人推下去的还是自己跳的！"周成问："什么打扮？"差人说："紫缎子棉袍黑毛窝。"周成说："参领老爷，您别愣神了，快认认尸首去吧！这个打扮有点玄！"

腊月初三刘奶妈带着小少爷进京来。这时参领老爷已把烧黑的木料、烧剩的坛子水缸用车拉走，只留下一片黑乎乎的瓦砾了。周成把她引到门房去给她喝了碗热水，述说了事情的经过。刘奶妈说："这么好个人家，就这样吹了，散了，家破人亡了？"周成说："八国联军进城时，王爷府还

①今大兴区。

说完就完了呢，这您不是亲眼见的？ 如今这个小阿哥怎么办呢？"刘奶妈说："我先带着，等乌大爷出来再说呗。 他总不能关一辈子！ 我就劳驾您了。 万一乌大爷要回来，您告诉他小少爷在我这儿！"

谷家佐领大爷，因为乌世保当"义和团"给本牛录出了丑，本来就不痛快；失火又差点殃及自己的宅子，更恼恨乌家，就报上去给乌世保削了旗籍。 您想，等乌世保来到他门口时，他还能有什么好脸色吗？ 亏了周成热心，寿明去看大奶奶时碰上他，他把原委告诉了寿明，不然乌世保上哪儿打听准信去？

十

寿明把这前前后后说完，乌世保像是泥胎受了雨淋，马上眼也翻白，口也吐沫，四肢抽搐，瘫在地上不省人事。 寿明从烟盘子里拈起根烟签子，扎进他人中，狠狠捻了几捻。乌世保哇的一声吐出口痰来，寿明这才舒了口气，拿个拧干的手巾给他说："你擦擦脸，喝口水，歇一会儿吧。"乌世保觉得头晕嗓干，也着实累了，便一边大声地叹着气，一边擦脸、饮茶。

乌世保想和寿明商量自己找个落脚之处，这时寿明的女人在外屋说话了。 以前乌世保拿大，从未到寿明家来过，这是头一次见寿明女人。 她有六十出头了，可嗓音还挺脆生。

就听她招呼女儿，说："招弟啊，快把这个旗袍去当了。 当
了钱买二十大钱儿肉馅，三大钱菜码儿，咱们给乌大爷做炸
酱面吃！"乌世保一听，连忙站起来告辞。 寿明脸却红了，
小声说："咱们一块儿出去，我请你上门框胡同！" 乌世保
说："别，您靴掖子里也不大实成吧？"寿明说："别听老
娘儿们哭穷，那是她逐客呢。 我这位贤内助五行缺金，就认
识钱。 咱惹不起躲得起。 你说，她怎么就不出城去求个梦
什么的呢？"乌世保说："按说，不应该说死人的坏话。 我
那个死鬼哪怕多听刘奶妈一句话，能惨到这份儿上吗？ 这个
人在世时，酒色财气，就这气字上她敞开供我用！"两人一
路说着，奔前门外而来。 寿明请乌世保吃了杂碎爆肚。 又
请他上"一品香"洗了澡、剃了头，两人要了壶高末在澡堂
喝着，让伙计拿了乌世保的里外衣服去洗。 这工夫，寿明这
才帮着乌世保筹划他以后的生活。

乌世保平时没有为安排自己的生活操心过，进了监狱就
更用不着自己操心。 寿明问他以后打算怎么办，他什么也说
不上来。 寿明家业败得早，自己谋生有了经验，心中就有成
算。 他说："您既没主意，那就听我的。 可有一样，我怎
么说您怎么办，不许自作主张。"

乌世保说："您叫我自作主张我也做不出来。 孩子跟奶
妈去我倒是放心，不过我出狱时还应下一位难友的请求，要
我照顾一下他的家眷。 我是受过人家恩的，要言而有信。"

寿明就说："这事您应得好，够人物。 可是，您现在这

样什么也办不了。依我说先住下来，打个事由挣几两银子，补补身体换换行头，再说别的。"

乌世保说："理是这个理，可哪有现成的事由等我去找呢？"

寿明说："事由是有，可就是得放下大爷的架子。"

乌世保说："叫我下海唱单弦去？"

寿明说："那也是一条路。不过目前用不着。"

乌世保说："上街摆摊卖字？"

寿明说："怎么样？"

乌世保说："这光天化日之下，打头碰脸的！累能受，这人丢不起呀！"

寿明笑道："我准知道你说这个！好，不用你出去舍脸。我看了你画的内画壶，行，能打开市面！我给你找个小店先住下来。给你买壶坯子，买颜料，你只管画。卖货办原料全是我的事。你怕丢人，别署真名，起个堂号不就完了！"

乌世保仰天长叹一声说："唉，真没想到，我乌世保落到这步田地，要靠十个指头混饭吃！"

寿明说："你先画着，等你尝到甜头就没这些感慨之言了。良田千顷，不如一技在身。你看看咱们落魄的旗主们吧，你我这是一等的！三等、五等、不入流的有的是呢！"

寿明告诉乌世保，要找个合适的地方住下，以哈德门外花市附近最合适。那一带净住的是玉器、象牙、绒花、料器、小器作等行的匠人。 租间房成天猫在屋里画烟壶，没人当稀罕传说。 哈德门设有税卡，是外省进京运货做生意的必经之路。 大街两旁有的是饭摊茶馆，吃喝也方便。 这一带又多是贩夫走卒下榻之地，房钱饭钱都便宜。 虽然按身份说和乌世保有点不合，现在还讲得起这个吗？

乌世保无可奈何地点点头。 出了澡堂，寿明就领他到蒜市口附近去找客店。 寿明和这里的杜家店有过串换，由他作保，先住下，半个月再结账。 租的是东跨院里一个单间。屋里除去土炕上铺着的席子，再没第二件东西。 乌世保一看，比监牢里也不强什么，就呲了下牙花子。 寿明笑道："您别急，房子有了，咱先说铺盖。"乌世保说："我是头次进这样的店，原来真就是家徒四壁！"寿明说："被子、褥子、枕头、蚊帐什么都有，要一样算一样的钱，用一天算一天的钱，咱们常住，不比那过路客人，住个三天两后晌，这么租法咱租不起。 回头我给你到估衣铺办一套半新不旧的行李来，这才是长久之计。 还有一样，你有套行李放在这儿，早一天算账晚一天算账店里都放心，他不怕你跑。 你什么都租他的，又不付现钱，日子一长他就给你脸色看，不也惹闲气吗？"说话间小二把一个黑不溜秋的小炕桌和一把磕了嘴的茶壶、两只碰了边的茶碗送了过来。 垂手站在旁边说："掌柜的叫我问问，爷的伙食是自理还是由店里包？"寿明说："先包到月底，要好呢，就吃下去；要太差了，我们另打主意。"伙计说："别人不知道，寿爷还不知道吗？

我们这店就是靠伙食招人呢。 北京人谁不知道：'杜家店，好饭伙，暖屋子热炕新被窝！'"寿明说："几个月不见，小力笨出息了，少跟我耍贫嘴。 乌爷是我的至交，你们要伺候不好得罪了他，有你的猴栗子吃！"伙计走后，寿明关照乌世保："他这儿伙食是不行，可包下来，有钱没钱您就能先吃着。 早上起来您上对门喝浆子吃油炸鬼去，不在包伙之内。 我留下几两银子您先垫补用，以后日子长了，咱们再从长计议。"

乌世保过意不去，连忙拦着说："这就够麻烦您的了，这银子可万不敢收。"

寿明说："您别拦，听我说。 这银子连同我给您办铺盖，都不是我白给你的，我给不起。 咱们不是搭伙做生意吗？ 我替你买材料卖烟壶，照理有我一份回扣，这份回扣我是要拿的。 替您办铺盖、留零花，这算垫本，我以后也是要从您卖货的款子里收回来的，不光收本，还要收息，这是规矩。 交朋友是交朋友，做生意是做生意，送人情是送人情，放垫本是放垫本，都要分清。 您刚做这行生意，多有不懂的地方，我不能不点拨明白了！"

乌世保点头称是。

十一

义顺茶馆的老掌柜，也不是死轴子。 等他弄明白来找碴的是九爷，立刻仰天大笑说："刘铁嘴这小子还真料事如神，说我今年有黑爷拱门之喜！"马上吩咐人在后院给九爷的下人摆桌子，先茶后酒恭维说："九爷上我这小茶馆赏脸，是我的造化。也是各位爷拉巴我。没别的孝敬，我送给爷们一人一个竹牌子。以后凭这水牌来喝茶，分文不取！"临走一人又给包了一斤好香片，连羊倌都赏了四吊钱饭钱。晚上九爷回来，问几个下人那茶馆是怎么收场的。下人们添油加醋，把一百只羊说成了天罡地煞，把茶馆的壶碗砸了，桌椅掀了，连后厨房的灶头全踩平了。老掌柜听说来的是九爷，连连朝北磕头，谢九爷给他教训。九爷听了，挺起肚子舒舒服服地闻了两捏鼻烟说："那就饶了他吧！他要不服软，明天我再赶二百只羊去，连着三天，叫他小子吃大黄！"下人说："我的爷，明天还去？他那茶馆十天八日开得了张吗？"九爷一想，又笑了起来。下人看火候到了，就进言说："爷圣明，您是出气去的，掌柜的也服软了，您心里也痛快了，那损坏的家伙，我猜您准想赏他个血本。"

九爷问："你是我肚子里蛔虫？"

下人说："全北京城谁不知道我们爷财大势大，不拿银子当稀罕呀！"

九爷骂了两声，掏了一个锞子。下人们扣了一半，把一半拿去赔茶馆的壶碗家伙。这茶馆掌柜居然逢凶化吉。九爷先付了一百只羊的茶钱，合二百个客位的收入，这就顶上茶馆两天的收入。几把茶壶、茶碗能值多少？何况有的铜锔还能使。一算总账还挣了几个。更难得的是这段笑话传出去后，一时间成了新闻，街头巷尾纷纷议论，人们谁不想亲耳听听掌柜的自己讲这奇遇？几天之内多卖了几百碗茶。但这事只能发生在买卖人身上，因为他们讲的是和气生财、逢场作戏，手艺人却没这本事。手艺人自恃有一技之长，凭本事挣饭吃，凡事既认真又固执，自尊心也强些。碰上九爷这类事宁折不弯，就是另样的结局。

聂小轩眼下就碰上了麻烦。

九爷那天早上，本打算开个玩笑就放了他。九爷到肃王府商量如何给日本皇室送礼的事。正好徐焕章也来了。打庚子以后，徐焕章平步青云，成了肃王府的常客。他给王爷出主意说，送东洋人礼物，要精巧不要贵重。联军进城的时候，抢到汉官宅门，法帖名画儿不要，专要女人的弓鞋；到满员府里，宝石盆景、墨玉山子不要，偏抢烟灯烟枪，他们就爱个灵巧稀罕。一听这个，九爷又想起了他的胡笳十八拍烟壶，他叫人取来给肃王和徐焕章过目。徐焕章一看，连声称赞说："您这套玩意儿拿出去，可把别人的礼品全压下去了。"肃王说："老九这么一来，不把咱们给闪了吗？"九爷忙说："只要王爷赏脸，奴才这套给王爷使唤吧。"王爷问："那你呢？"九爷说："奴才想要，再叫这人烧一套就是了。"王爷拿起烟壶看看底，见打的印子是"光绪己亥"。便笑道："怪不得花样这么新，我说以前没见过呢！既这样我何必夺你所爱，你叫那人替我再烧一套不就结

了。"徐焕章一直在把玩这烟壶,一听这话,马上凑趣说:
"王爷要烧,莫如让他换个画样儿,既不和九爷的重样儿,
又透着新鲜,最好是应令的画儿。"王爷说:"你想得好。
换个什么画儿好呢?"徐焕章说:"奴才总跟洋人往还,知
道他们的癖好。让奴才替王爷找几套洋画儿来请王爷选,选
好叫他们摹到坯子上烧出岂不好?"王爷听了十分高兴,就
请九爷和匠人定规好,先做准备,等徐焕章的画样子拿到就
开工。

九爷回到前门外小府,不等落座,就一迭声地叫人去传
聂小轩。聂小轩愁得一整天也没吃下东西去,竟比坐牢时还
更憔悴,一见九爷,抢过去跪了一跪,便立在一边低头不
语。

九爷笑着问道:"你想好没有,是单卖这只手呢,还是
连人一块儿卖?"

聂小轩打个千,低下头不说话。

九爷说:"怎么着?两样都舍不得卖呀?"

聂小轩又打了个千,还是不说话。

九爷大声笑了:"也罢,看你胡子拉碴了。给你条明
路。要是手也舍不得卖,人也舍不得卖,就再卖我一套'古
月轩'的小玩意儿吧!"

"嗯?"

聂小轩不相信这么生死攸关的大难题就这么轻易作罢
了,直瞪着眼不知怎么应付。管家在一旁喊道:"傻了?

回爷的话呀！"

"嘛，嘛！"聂小轩连连点头，"您说要什么我给您弄什么来，没有的我现烧。"

"给我再烧一套烟壶。"

"嘛！"

"得多少天？"

"我不敢说，得看坯料能买得着买不着。那套十八拍的坯子是我祖上留下来的，就那么一套全用了。这东西是山东出的……"

"我管不着，我等着用。"

"不然我把烧好的画刮了去，给您另烧。"

"那得多少天？"

"三个月吧。刮釉子也要上火呢！"

"我不管！两个月限期！过了限我发了你！"

"我拼上命也给您办！"

九爷不愿说要等别人决定画样，便说："你先烧个样儿给我看看。我觉着对心才能发你订钱，叫你开工。你出来日子不少了，快回去看看吧！"

聂小轩谢恩出府，浑身叫冷汗湿透了。

十二

听说义顺茶馆近几天生意兴隆，寿明把乌世保画的一个烟壶装了烟，另两个用绵纸包了，到义顺茶馆去找生意。

茶馆不大，不过是一溜三开间的筒子房，放了六张方桌，门外两旁各有两张条桌、几条春凳。别处买卖兴隆靠"天时"，他这儿却靠"地利"。这里往南不远的陶然亭、梨园义地和松柏庵，是梨园界喊嗓遛弯的习惯去处。当年戏剧艺人被视作"贱民"，不许进内城居住，他们的住家也多在由此往东的马神庙，往西的椿树胡同，往南的南横街潘家河沿一带地方，著名大戏馆子广德、广和、三庆也都距此不远。遛弯回家的艺人们走到此处，正是个中间站口，坐下来吃点心喝茶，完事后上哪儿去都方便。这么一来，那些爱学戏的、爱听戏的、做行头的、扎把子的、前台管事、后台坐钟、场面头、武行头、箱官、检场、车僮、马夫，一句话，要在艺人身上拉交情找饭辙的人也就成了这里的常客。除此而外，这茶馆还有一批鸟客。这玩鸟的客人和唱戏的伶人有些共同之处，他们一样起得早，一样欢喜山林水边。不论百灵、画眉、黄鸟、靛颏，一样地在早上遛嗓放歌。他们从先农坛、城墙根、护城河、万寿西宫遛鸟回来，也多半愿意在这茶馆坐坐聊聊。于是一些插笼的、烧食罐的、捉蚂蚱的、养蜘蛛的，要和养鸟的拉关系找饭辙的人也成了茶馆的常客。久而久之，两种艺术交流的结果，就出现了一些既会唱戏又能养鸟的全才人物。这种人有个特点，他若以唱戏为职业、养鸟为消遣的话，您说他养鸟的本事比唱戏强他才高兴；他若是以养鸟为生、唱戏是玩乐的话，您可千万得说他唱戏已到了炉火纯青的地步，比起他的养鸟本事胜过百倍，这才不至于得罪他。 因为有这种种"行规"，和这两行无关的人多半站在门外听听鸟鸣，看看名优，没有几个敢进去和那些熟客挨肩坐下来吃茶的，怕犯了忌讳。

寿明坐下之后，就不断地跟先来后到的熟人们打招呼，两眼可一直往窗外打量。 当他看到一高一矮两个胖人从南边走来时，就抖抖袖子、抻抻衣襟抢出门去，朝高个儿胖子斜着身子打个千说："三爷您倒早班！"又往旁一侧身子，朝矮个儿胖子也请安说："吴大爷您总这么闲在！"钱三爷手里提着大鸟笼子，不便躬身，只得象征性地拱拱手。 吴大爷却把手中穿着的一对腰子停住，还了一安："托福您哪，我倒想不这么闲在了，没人约我成班呀！"他们说话之间，就有几个闲人被钱三爷的大鸟笼吸引了过来。 有认识的便指点说："这是有名的大花脸钱效仙，那是有名的二花脸吴庆长……"唱铜锤的向来是矮胖墩较多，以致使人们有个误解，以为声带与身高成反比例。 北京人竟编个俗语说"矬老婆高声"。 二花脸以架子武打见长，自然是人高马大才透着威武雄壮。 这两人正好相反。 钱效仙身高体长，却能声若洪钟，已是十分可贵了；而吴庆长又能以矬墩儿的身量唱李逵、马武、窦尔敦，山膀一拉，胸脯一挺，气势磅礴，竟使人忘了他是个小矮胖，所以比钱效仙更为人称奇。 这两人还都有点怪癖，就是一旦腰里有了几两银子，就懒得上台。 吴庆长迷了串古玩铺，替人跑合掌眼的瘾比唱戏的瘾大。 他和寿明是半个同行半个朋友。 钱效仙爱玩活物，不过他的玩法十分特别，总想把天生敌对的动物弄在一起使它们放弃前嫌，握手言欢。 他花钱定编了一个中间带隔断的大笼子，最先是一边养个黄鼠狼子另一边养只鸡，养了一些天，他相信这两位已建立了初步的友谊了，便撤了中间的隔断，结果那黄鼬就把鸡吃了，他一怒之下摔死了黄鼠狼。 又买来一只夜猫子。 搭上隔断，在另一边养了个小白老鼠，这小白老鼠成天望着猫头鹰浑身哆嗦，吃不下喝不下，没几天吓死了。 现在他笼子里一边是一只大狸猫，另一边是一只白玉鸟。 眼下他还没撤隔断，那鸟倒也能吃能喝，就是一到鸣的时候就像嗓子眼安了个簧，颤抖得叫人想落泪。 他这笼子又不加罩，走到哪儿都有人看稀罕。 别人看这一鸟一兽是个乐，他看这些围观的人也是一乐。 此外他又爱花钱买新奇淫巧之物，所以和寿明又算是半个朋友半个主顾。

　　寿明请安问好之后，三人相跟着就到寿明桌前坐下。 钱效仙笼子里有猫，不能和那些画眉、百灵往一起挂，他就索性摆在桌子上靠墙的地方。 他拿大手绢擦完手，擤完鼻子，就伸手去掏烟壶。 他因身体魁梧，所以用着一个武壶，用荷包挂在腰间，掏起来挺费事。 这时寿明就把乌世保画的那个壶递了上去："三爷，您尝尝这个！"

　　"百花露？"

　　"百花露不行！ 真正的西洋大金花。 告诉您，嘿，光那个芝麻皮的瓶套，就值一双好靴子钱！ 就甭问烟价了！"

"你寿大爷是花这个钱的主儿吗？"钱三爷斜睨了寿明一眼，笑着接过烟壶，打开壶盖，先就着壶口嗅了嗅。

"怎么样，不蒙您吧？"

"烟是大金花！绝不是你买的！"钱三爷说，"老实讲，哪儿来的吧？"

寿明先把头歪着点了点，表示服了钱三爷，然后把嘴凑到钱三爷的耳边小声说："我替别人淘换个烟壶。这烟壶里带着半壶烟，这烟壶我就没拿出去，先闻着了。要不一倒腾家伙，这烟跑了味儿，就不地道了！"

钱三爷这才把视线投到烟壶上，看了一会儿说："这有什么新鲜的，还用你淘换！"

寿明笑着不说话。钱三爷沉不住气了，拿起来又看，并且迎着窗户看里边的绵，哦了一声："还有内画呀，这也不新鲜啦！"

"画跟画不同！"寿明说，"告诉您您也不懂。拿来吧，别给人家打了……"

这钱三爷最反对人家说他对什么事不懂，又最忌讳别人以为他没钱。一听这话，就来了个半红脸。

"怎么，你怕我赔不起吗？"

"您这是说哪儿去了？别说这么个烟壶，醇王府的汝窑大瓶您不是唱一出《锁五龙》就搬来了吗？"寿明赔笑道，"我是怕您嫌冤！您真打了，我让您按原价赔，您准说不值，骂我讹您；按一般的茶晶内画壶赔，我得连裤子搭进去！"

"这玩意儿有这么神？"

寿明不语，只是微笑。钱三爷又拿起来看。他摇摇头，又点点头。冷笑了一下，又吸口冷气问："您替人说合的多少钱？"

"五十两！"

"给你五十一两，三爷我留下了！"

"哎哟，三爷，我这是替别人淘换的，我得守信用。"

"您再寻摸一个给他！"

"您圣明。这样的内画要能轻易找到第二份，您会多出一两银子？钱三爷是买死人卖死人的主，能走这个窟窿桥儿？您还我吧！"

钱三爷把寿明的手一推说："小子呀，谁让你在我这儿显摆来着？再赏你四两，灯晚到三庆后台拿银子去！"

"哟，三爷抢货可真手狠！"吴庆长半天冷眼看着，到这时才插话说，"让我睐睐，怎么个好法？"

钱三爷把烟壶交给吴庆长。吴庆长反复看了又看，连说："值值，三爷您买着了！大便宜是您的，小便宜是我的，这点大金花控出来赏我吧！"

吴庆长果然掏出个碧玉烟碟，把烟全倒了出来。这吴庆长品评文玩的本事，在梨园界很出名。他说值，钱三爷格外得意，知己地说："大爷，我知道您常给古玩店掌眼、跑合。我是不干，可不是干不了。我要干连您的生意也抢一半，您信不信？"

"信，信。 我就是不信南边对过是北，也不能不信这句话！ 钱三爷嘛！ 好！"

钱效仙一高兴，拉着吴庆长去吃炸三角。 吴庆长说："把这份盛情先记下，我今天不得闲。 明天早晨还是坛根儿见。 完了咱们从那儿直奔五牌楼。"

钱三爷走后，寿明也站起来告辞。 吴庆长拉住他袖子说："没这么便宜。 您说，钱三爷的五十五两有我几成？"

"天地良心，大爷，我是替别人白跑腿！"

"老喽！ 什么玩意要五十，碰上那个晕头还添五两。您说，凭什么？"

"我说出来，连您也得说值！"

"我不信。 您说服了我，今儿早晨的点心钱是我的。舍命陪君子！ 我生意也不做了！ 说，凭什么值五十五两银子？"

"这烟壶是一个朋友蹲了一年零八个月大狱，无师自通画的！ 我是尽朋友交情。 我要赚一个镚子，灯灭我就灭！"

吴庆长还追问，寿明便把乌世保的事说了。 但他没提姓名，更没说这人进监狱是涉了"义和团"之嫌。 因为吴庆长近来常出入宣武门的天主教堂，人们怀疑他要信教。

这吴庆长信不信耶稣不说，可确是个热心人。 听寿明说完，就正色说："既这么说，这人也是值得怜惜的。 他以后打算靠画壶吃饭吗？"

"这样的旗人，现在除去靠这个混饭吃还有别的路吗？"

"咱们是朋友，你的朋友也跟我的朋友一样。像这样抓大头，一回两回行，长了不行。有几个钱效仙呢？要画，得画点特殊的出来才能站住脚，成一家！"

"承您指教，您说怎么着好？"

"两条路。一是专门作假，死抱着自怡子、周乐元不放，做到分毫不差，这也能挣钱。可话说回来，一样地花工夫，何苦在人品上落价儿呢？"

"这话您说。"

"再一条路就是自己打天下。刚才我看了那壶，看出这个人确实是有点根基的，所以我才多这份嘴。"

寿明点点头说："难为您费心。这人本来有点大写意的底子，所以有点他自己的笔意。"

吴庆长摇头说："写意要大泼大洒、痛快淋漓。烟壶寸地，又没有宣纸浸润渲染的那股柔性，怕难见成色。画工笔呢，刚才说了，太贫。好比唱戏，黄润甫这么唱走红了，我也这么唱，谁还听我的？再说黄润甫身高膀阔，他丁字步一站，两把板斧平端，就是美。我个头矮了半尺，双肩窄了五寸，也这么亮相，还有个看头吗？我得找我的辙。你是花脸我也是花脸，你这么唱有理我那么唱也有理。要看大刀阔斧的您去看黄润甫；要瞧精神妩媚，您捧吴庆长。有这话没有？"

"千真万确！"

"我告诉您，我早就瞧着郎世宁的画法上心了！怎么就没人把他的画法用到内画上去呢？您可别听那些画画的扒得它一子儿不值，我把话说在这儿，要有人学了他的要领用到内画上，那就叫拔了份了！打庚子以后，咱们这行买卖的主顾变了您不知道吗？谁买得多？洋人！八旗世家、高官大贾光卖的份没买的份了。碰上有暴发户新贵花钱买货，您细打听一下，十有八九又是买了去到洋人那儿送礼的！有这话没有？"

"这话您说了！"

"咱们别的钱全叫洋人赚走了，唯独这一份手艺书画能赚他们的，为什么不赚？这郎世宁是意大利人。意大利、英吉利、奥地利，都犯'利'字，全是圣母马利亚的后人，分家另过的。所以他的画他们就看着眼熟、顺心。至于葡萄牙、西班牙这些'牙'字的，跟'利'字的八成是表亲，他们喜欢的他们也喜欢。告诉您那位朋友，投其所好。孙子！叫他把抢咱们的银子再掏出来吧！他要依我的话办，画出来的东西不用交别人，我给你包销。我准让他发财！"

寿明对吴庆长鉴别古物的本事一向认可。自他出入教堂后，总觉得他沾上几分鬼气。今日听他一谈，才知道他不是去入教，八成是掏洋和尚的钱袋去的。

他们正说得热闹，身后忽然闪过一个人来。身材不高，面色红润，亮纱的袍子，踢死牛快靴，松松地扎了根辫。打了个千，声音粗嘎地说："敢问这位可是寿明老爷？"

寿明赶忙回礼说："恕我眼拙，看着面熟，可不敢认您。"

那人说："借一步说句话行吗？"

吴庆长连忙起身说："我还有点事去忙，少陪了。"

那人忙说："您坐着您的，我就两句闲话！"

吴庆长说："我确实有事。失陪失陪！"

看吴庆长走远，那人才说："不是您想不起我来，实在是您没见过我。我也头一次见您。我是受朋友之托来访您的。"

寿明连忙让座。那人便说："我有个朋友在刑部跟您的朋友乌大爷同牢。他托我找到您，传两句话给乌大爷。"

寿明忙问："您的朋友贵姓？"

那人说："姓鲍，是个库兵。他叫你告诉乌大爷，有位聂师傅被九爷传走了，吉凶不明。聂师傅临走嘱咐一件事，叫乌大爷千万把他的手艺传下去。要能看到他做出新活儿来，死也瞑目了。"

寿明便问："什么手艺？聂师傅是谁？您可说清楚！"

那人说："他就说了这么几句。我原样趸来原样卖，再多一个字我就不知道了。"

寿明说："也罢。你不是要说两件事吗，还有一件呢？"

那人从身上掏出一张三百两银子的银票来说："这是鲍老弟周济给乌大爷的几两银子，让他做本，经营那份手艺。他说他这一辈子没干对这世界有用的事，乌大爷经营手艺他入上一股，也就不枉来阳世一遭了。"

寿明问："这话怎么说？"

那人看看两旁，悄声说："这人判了斩刑。如今入了死牢，秋后就要典刑。他是个库兵，偷银子犯了案。"

寿明惊慌地抓住那人说："难得这人如此仗义！"

那人说："要说偷银子，哪个库兵不偷？事犯了，大库就把整个的亏损全推在他一人身上，让他代众人受过。不多说了，拜托拜托。"

寿明忙说："不敢请教贵姓。"

那人说："敝姓马，在樱桃斜街开香蜡店，有便请赏光。请您告诉乌大爷，别辜负朋友一番心意就是。现在请您打个收据，我好回复那位朋友，让他放心。"

寿明借茶馆柜上笔砚，恭恭正正开了个三百两银子收据。写完看看，意犹未尽，便加上了几个字：

"江头未是风波恶，别有人间行路难。"

十三

寿明离开茶馆，先到琉璃厂买了些颜料、色盘、明胶、水盂之类画具。 又到珠宝市挑了四五个透明料烟壶坯子。这才拐到磁器口乌世保存身的小店中来。

乌世保自幼过的是悠闲自在日子，一旦落到蹲小店与引车卖浆者流为伍，人们或许以为他会沮丧，会绝望，会愁眉不展。 岂料不然。 他有求精致爱讲究的一面，可也有随遇而安、乐天知命的一面。 局面大有局面大的讲究，局面小也有局面小的安排。 寿明十来天没来，他那斗室已变了样。门楣上贴了个"泛彩居"的横额。 横额旁墙缝里砸进半截棺材钉，竟在钉上挂了个小巧精致的鸟笼，养了只黄雀。 进得屋来一看，又是一番景色。 小炕桌上添了座仿宣德铜炉，燃起一缕檀香。 窗台上放了只脱彩掉釉冲口缺瓷，却又实实在在是雍正官窑的斗彩瓶。 里边插了两棵晚香玉，瓶旁一把宜兴细砂、破成三瓣又锔上的口壶。 墙上悬了张未装未裱乌世保自己手书的立轴，上写："结庐在人境，心远地自偏。"屋子收拾得倒也干净明快，只是乌世保这身衣服，比刚出狱时更加破旧，从在澡堂洗了一遍，再没洗过。 脚上一双布履，也前出趾后露跟了。 他正盘腿坐在炕上聚精会神画烟壶。 见寿明进来，马上放下笔，跳下炕。 要打千，可是屋子太小，一蹲就撞着炕沿，只得拱了下手说："不知大驾光临，有失远迎，当面恕罪！"寿明也玩笑地还了一句："咱家来得鲁莽，先生海涵！"落座之后，乌世保就从枕下递过一把湘妃竹扇骨的折扇说："我正惦着请您开开眼呢！ 我花三两银子买了把扇儿，您猜猜谁画的？ 松小梦！ 松年要知道他的手笔才卖三两，准得大哭一场！"

寿明说："您哪儿发了这么大财，置办起文玩来了？"

乌世保得意地一笑说："挣来的！ 您几天没来，我囊空如洗了。 昨晚儿试着把一个画好的料瓶拿到哈德门外青山居去卖，他给了十两银子！"

寿明一听，马上沉下脸说："这是怎么说，怎么不经我手您自己去卖了？"

乌世保忙解释说："我是一时高兴试一试。 不管他给多少，可证明我乌世保居然自己能挣钱了！ 您该庆贺我。"说着，乌世保又不屑地一笑，低下声说："寿爷，可惜了我这它撒勒哈番，从此以后……"

寿明叹了口气说："我也不是怄您，八国联军占北京，连王府的福晋都叫洋人掳夺了，一二品的顶戴叫人拉去扫街喂马，您这它撒勒哈番值几个子儿呢？ 我不怕您生气，我也是骁骑校。 可我这份顶戴还没您画的鼻烟壶值钱呢，有什么恋头。 您睁眼看看，如今拉车的，赶脚的，拴骆驼的，哪一行没有旗人？ 您无意中会了这门手艺，就念佛吧！"

乌世保点点头。

寿明又说："我不是怪你自己卖货少了我的回扣，我是不愿叫你卖倒了行市。 这一行里门道太多，怕您吃了亏。您知道我拿去的那个烟壶卖了多少钱吗？ 五十五两！"

"真的？"

"所以说不叫您自己胡闯呢！"

"嘿，这回我服了！"

"您就管把您壶画好、画精，买卖的事由我跑。 这不光是我一个人的意思，还有一个朋友，死到临头还关心着您的事业呢！"

乌世保忙问："谁？ 您说的是什么话？"

寿明这才把马掌柜来访的事说给他。 说完，把他买来的颜料等物连同剩下的银子全摊到桌子上说："乌大爷，咱们原是玩乐的朋友，今天我促成您弄这内画的手艺，可并不就是贪拿几个回扣，实在是发现您真有才！ 那位牢里的朋友，人家图什么？ 也是盼您成器。 铁杆庄稼倒了，激励您闯出一条路来，这才是朋友之道。 今天我碰见唱花脸的吴庆长，跟他说起您，他也挺热心，还献了条计策在此……"

乌世保听到库兵判了死刑，并托人送银与他，早已泪流满面，后边寿明谈吴庆长建议他如何创立自己画风的话就没听清。 最后，寿明对他说："朋友们既如此热望您打下内画的天下来，您可不应该再有什么三心二意了。"

乌世保这才答话说："您误解了。 库兵送银与我叫我坚持的手艺，不是说的内画，您没听他先提到聂小轩的嘱托吗？"

寿明说："我听了，可没听懂。 问马掌柜，他也不清楚。"

乌世保就把狱中聂小轩向他传艺的事说了出来。 寿明说："这么一件大事您当初怎么没告诉我！ 跟我还隔心是怎么的？"

乌世保说："哪能呢！ 我是想聂师傅并没犯罪，九爷也没有害他性命的理由。 他当时心窄，想得多了，我既劝不转他，只有从命。 但他早晚会回家，这传艺选婿的事自然还由他自己去办。 我不过在这期间照顾一下他的女儿而已。 这'古月轩'手艺，是人家祖代安身立命的绝技，好比一份家产，他危难之中不得已托付于我，我可不能乘人之危就据为己有、安然受之。 何况我也有了混饭的门路。 我立下个心愿，只要聂师傅在世，我既不做这行生意，也不对外人说我会这套技艺，照顾他女儿的事我则要担起来。 聂师傅对我是有救命之恩的。 现在既有库兵送的银子，我就去看看他女儿。 他家地址我在狱时记下了，在广渠门里五虎庙夹道。"

十四

崇文门外虽有几处热闹去处，都在磁器口以北、蒜市口以西。 花市四条，是明朝以来制造和售卖假发、首饰、绒花、蜡果的地方。 东小市专卖日用百货、土产杂品。 这一带住的全是手工业者、小商贩、抬轿的、赶脚的，很少有前门大街往西那一带的富商大贾、名优红妓。 所以住房都是碎砖砌墙、青灰漫顶，又矮又黑，进身局促。 虽有外城的粗陋，却无郊区的开阔。 自揽杆市向东向南，接连几个庙，因靠不上烟火布施，专以为人停灵存椁为生。 像五虎庙、阎王庙，庙名本就吓人，大殿廊下又摆列几个填了瓢子的棺木，再有雅兴的游客也会却步。 而左安门里还驻防几营旗兵。这里虽也算北京城里，距紫禁城不过十里路程，可这里的旗兵和内城的旗人大有不同，脾气秉性、风俗习惯都保存了比较多的强悍之风。 在各种好习惯之外也有一条叫人发怵的，动不动就抓人个罪名罚他挑水——北京城井水多苦，要吃口甜水往往要上二三里路之外去挑。 丘八大爷过分劳苦，抓个人换换肩本来情有可原，只是这么一来城里人就把这东南一角视作了危途。 平日里就十分冷清了。

寿明和乌世保走上大街，发现今日不同于平常。 磁器口、蒜市口，东西相对都有人树杉篙、捆苇席在搭法台，东小市路两边早被摊贩们挤满：卖香蜡纸马的，卖锡箔银锭的；莲花灯、蒿子秆、荷叶、鱼蜡，一份挨着一份。 法华寺门口已扎起一艘首尾三丈有余的大法船。 龙头凤尾、殿阁楼台，龙女童子、罗汉金刚，十分精致。 乌世保看到庙门口黄纸露布，才想起今日已是七月十三，交了盂兰盆会的会期。凡与亡灵有关的忌日，清明节、十月一，总带点凄凉景色。唯有这中元，是很有点喜庆金光的。 这与盂兰盆节的起源有关。 盂兰盆，梵语是"乌兰婆拿"，乃救倒悬之意。 这一日斋僧拜佛，解亡魂倒悬之苦，自应普天同庆。 话虽如此，其实人们热心此节，也并非完全是为鬼魂设想，倒是各种法事给人们带来了乐趣。 当时北京各庙，各有自己拿手的绝活献给三界。 这法华寺出名的就是慧通和尚的飞钹。 慧通是个武和尚，有很好的拳脚功夫。 十八般法器中他单掌铙钹。这钹直径二尺七寸，重十斤八两，比戏台上唱《铁笼山》的那对钹还要大。 平日诵经作法，他不动用。 唯独在盂兰盆会上，他从佛前请出来，在法鼓、云锣的伴奏下，左右挥舞，上下翻飞，缠头盖脑，金光四射。 舞得高兴时还打出手，"嚓"的一声扔上天空，足有三五丈高。 下来时接法又有多少名目，《张飞骗马》《苏秦背剑》《白猿献果》《黑虎过涧》，那惊险利落之处，在跑马解的沧州人那里都是看不到的。 每逢这日子，常有达官贵人及其宝眷，借结善缘为名从城里乘车来看他的表演。 所以尽管时辰尚早，从各条街已有人流涌向法华寺了。 寿明和乌世保费了好大劲才从人流中钻出来，却又被卷到了去夕照寺的旋涡。 虽说每逢中元赶庙会的人都多，也没到这地步。 寿明嘴勤，打听了一下。才知道八国联军攻占北京的时候，光绪二十六年七月二十夜晚，在这左安门内打了一仗。 这一带的军民老幼齐上阵，宰了二十多个德国兵。 鬼子进城后，在左近血洗了三天。 今年盂兰盆会，本处居民每户捐一升米为死去的义士超度。 连和尚们也发愿白做法事，不领布施。

　　寿明和乌世保挤了足有一个多时辰，这才来到五虎庙夹道。 问清聂家住处，便走到一个黑漆小角门前，用手拍拍门，喊了声："柳娘在家吗？"里边应了一声，是个男人声音。 门拉开时，出来的竟是聂小轩。 聂小轩换了件灰布小衫，月白裤子，扎着裤脚。 白袜透空洒鞋。 新剃了头，打了辫，那模样看来年轻了有十岁。 不等乌世保开口，他劈头就问："我回来就打听你，怎么你出来这么久竟没来过？"乌世保告罪说："实在是遇到了意外，囊空如洗，这刚得到几两银子，马上就来寻师妹的。"他又引见了寿明。 寿明常在古董行中混，早已听说过聂小轩的名字，极恭敬地问了安，这才进院子里来。

这是个独门独户的小院，但只剩下了南屋和西屋，正房被火烧得只剩下乌黑的几堵残墙。 两棵枣树，有一棵也半边烧焦了。 院子收拾得干净整洁，四角旮旯不见一根草刺。聂师傅把他们让到南屋。 南屋迎门条几上方悬着一幅写真画像，画的是一位穿红蟒戴珠冠的老妇人。 八仙桌上摆着四盘供果。 乌世保忙问："这是师母？"聂小轩点点头。 乌世保赶紧正正衣领，跪下磕了头。 寿明也要跪，被聂师傅拦住了。 寿明问："老伯母仙逝多久了？"聂师傅说，八国联军来时，人们都帮着守军去守左安门，聂家父女都去了，只有老伴瘫痪在床，未能参战。 德国兵攻进城后，见人就杀。聂小轩看看回家的路已不通，柳娘又年轻，便拉着她躲到幸公庄北的苇子坑里。 躲了一天一宿，第三天回家来，半个胡同正烧得通红。 待和邻居一道救熄。 堂屋顶子早已坍下，老太太已死去多时了。 整个脸已烧焦，无法辨认。 这写真是聂小轩凭着记忆画下的。 他说："我没给她装殓什么，这像上就给她穿戴得富贵点吧！"说完惨笑了一声。

寿明怕引得老人伤心，便用话岔开，问："大妹妹不在家？"

聂小轩说："夕照寺做法事，为她妈烧香祈祷去了。"

乌世保问："师傅是哪天出来的？"

聂小轩说起出狱回家的经过，脸色开朗起来。他说到九爷捉弄他时，带点羞涩地挖苦了自己的惊慌失措。说到最后九爷不过是转弯抹角订一批货时，又爽心地大笑起来。这时外边大门响了两声，脆脆朗朗响起女人的声音："爹，我买了蒿子回来了。"寿明和乌世保知道是柳娘回来，忙站起身。聂小轩掀开竹帘说道："快来见客人，乌大爷和寿爷来了。"柳娘应了一声，把买的蒿子、线香、嫩藕等东西送进西间，整理一下衣服，进到南屋，向寿明和乌世保道了万福说："我爹回来就打听乌大爷来过没有，今儿可算到了。寿爷您坐！哟，我们老爷子这是怎么了？大热的天让客人干着，连茶也没沏呀！您说话，我沏茶去！"这柳娘嘎嘣脆说完一串话，提起提梁宜兴大壶，挑帘走了出去。乌世保只觉着泛着光彩、散着香气的一个人影像阵清清爽爽的小旋风在屋内打了个旋又转了出去，使他耳目繁忙，应接不暇，竟没看仔细是什么模样。柳娘第二次提着茶壶进来，他才来得及细看。这一看却又惊得他赶紧把头低了下去——市井小户之内也有这样娟美的女孩儿吗？

她有二十左右，穿一件月白杭纺挖襟敞袖小袄，牙白罗裙，银白软缎尖口鞋上绣着几朵折枝水仙。银镯子，银耳坠，深蓝辫根，浅蓝辫梢，为给母亲穿孝竟打扮得素素雅雅。 那长相则是形容不得的，只能说谁看也觉得美，乌世保看了觉得尤其美。 美在舒展、大方、健康、妩媚，没脂粉气，没妖艳气。 这地带满汉杂居，汉人受满族风尚影响，多不缠足。 又自幼劳动，故而身条腰肢发育得丰满圆润，像水边挺立的一枝马蹄莲。

柳娘给大家满上茶后，在一边的瓷墩上偏身坐下，问道："我们一直惦着乌大爷呢。 府上全家都吉祥？"

聂小轩忙说："可不是。 我净顾说自己的事了，还忘了问您，家里怎样呢？"

乌世保长叹一声，就把家中遭遇细讲了一通。 中间有些地方，寿明帮着做了说明。 聂小轩听着不敢相信，连声问："您连奶奶的尸首也没见着？ 小少爷至今还没见面？ 这家就这么毁了？"

乌世保点头。 聂小轩又问："这么说，您现在是住在令伯父的府上了？"

寿明说："他父亲伯仲之间，多年隔阂，如同路人。 乌大爷现在住在磁器口杜家店里。"

柳娘听到孩子被刘奶妈接去时，眼圈已红了。 听到火烧了宅院，就擦眼泪，这时竟出声地抽泣起来。 乌世保见了，赶紧去劝她："您甭难过，我过得挺好，现在靠画烟壶谋生反倒过得挺安乐，您哪！"他也是个爱哭的人，嘴上这么说，手也去擦眼泪。

柳娘说："您是个大男子汉，自然不把这艰难放在眼里。 我可怜的是小少爷。 我爹在牢里的时候，我可尝够了这孤儿的苦滋味，何况他还这么小呢！"说着想起自己受的苦处，更哭泣起来。 聂小轩也半天没有说话。 过了一会儿，寿明问道："聂师傅近来就为九爷那几个壶忙活哪？"

聂小轩说："可不是。 他叫我先烧俩样品看看。 壶坯子、釉料、钢炭倒有了着落，可就是垫本困难。 我们这一行，向来订活的东家都先给垫本，拿他的钱为他备料。 从没有先烧样子看了再拿订钱一说。"

乌世保便拿出那对镯子和两锭银子来说："您先用这个吧。 本来这也是拿来给师妹过日子的。"聂小轩推辞不受，说："你刚出狱，哪有余钱。 我要没出来便也罢了，我出来了不能再叫你背累。"乌世保便讲了库兵嘱咐的话，并说了他送银之事。 聂小轩叹息说："这也是个热心人，可惜被人拉进了泥坑。 银子你收起来，这继承手艺的话原是我叫他传给你的，现在既见了面，你就和我一起干吧。 口说千日，不如手做一时。"乌世保要说库兵判定死刑的事，被寿明用眼色止住了。 聂小轩问： "现在停下你的内画，来和我画'古月轩'，有什么难处吗？"

乌世保说："当时您是怕没机会再授徒，不得已才传授给我；我是尽朋友之道，为叫您心安才学。 如今您已回来，自当再仔细挑选有为后生承继祖业。 我哪能乘机把您的祖传绝技据为己有呢？ 这好比您在狱里交我一包银子，原是准备万一您回不来时叫我拿来扶养小姐的，如今您回来了，我当然原物奉还，哪还有分一份的道理？ ……"

乌世保正说得滔滔不绝，寿明突然又踩了他一脚，向他急使眼色。 他顺着寿明的嘴角一看，只见聂小轩把头扭向墙角，柳娘却用一双气恼的眼睛瞪着他。 寿明说道："你可真是书呆子！ 人家磕头祷告、求情送礼来认师，聂老怕还不肯要，哪有您这样师傅上赶着教，还一拽三打挺、三拽一哧溜的？ 依我说，今天我在这儿做证人，您恭恭敬敬跪下磕三个头，正式拜师吧！"寿明又瞪了一眼，把乌世保按着跪下。乌世保只得跪下磕了三个头。 聂小轩却拦也没拦，笑着还了三揖。 乌世保站起身，柳娘冲他道个万福，大大方方地叫了声"师哥！"，寿明是个知趣的人，连忙从腰中掏出他还没卖出去的一对烟壶，给乌世保说："正好！ 事情来得仓促，这个你权当作拜师礼吧。"乌世保双手捧与聂小轩说："这内画技法，也是老师传授的，您看看可有长进？"

柳娘听聂小轩讲，乌世保天资聪明，功底深厚，教他内画时，稍加点拨，他就知一反三，很快就画出个样儿来了。虽也相信，因没见过他画的活，总以为老人出于偏爱有点说玄了。 所以聂师傅刚把烟壶拿到手，柳娘便接了过来，迎着窗户一看，眼睛一下子就直了，若不亲眼瞧见，决不能信是个仅仅在牢里学了几个月的人所画出来的。 不仅有章法，有笔墨，而且有风格，有神韵，既学到了聂小轩的绚丽生动，又比老师多了几分书墨气。 就冲收得这么个人才，老爷子这几个月的牢就算没白坐。 想到这儿，不由得两眼由烟壶上抬起，往乌世保脸上瞅去。

乌世保从腰中又掏出一个包来，脸红着对聂小轩说："这是师傅给我用来见师妹的信物，包金镯子。我厚着脸求个情，求师傅把它赏给我吧。"

聂小轩说："那是柳娘叫我拿去包金的，女孩家的饰物，你要它何用？"

"要不是这副镯子，学生八成早到了枉死城了。"乌世保便把他在护城河边打算寻死的情形说了一遍。说的时候，连他自己也确信当时他是横下心来要死的，就因为看见这副镯子，他才被从死路上拉了回来！

聂小轩听后，挺动情，忙点头说："好好，镯子留给你当个念想，以后看到它要记住这教训，人活在世上，兵来将挡，水来土掩，决不能轻易想到死字。"

柳娘说："老爷子，那是我的东西，您就这么大方送人情了？"

乌世保说："师妹把它赏我，日后我有了进项，一定打副赤金的赔您。"

柳娘说："我这儿不赊账，得了，这俩烟壶归我了，你要孝敬你师傅，以后再画吧！"

在场的人都笑了起来。聂小轩说："今天盂兰盆会为死去的人超度，也算喜事。咱们数喜临门，柳娘收拾酒菜，大家痛饮几杯，冲冲这一年的晦气！"

柳娘收拾菜肴的工夫，乌世保把她放在院里的蒿子拿过来修修剪剪，用黄表纸卷上线香，缚在蒿叶之间；又找来两把椅子，把蒿秆绑在椅子背上做成星星灯。寿明也是会玩的人。出门买来新鲜荷叶，梗中下了竹签，插上了小蜡烛，逐一拴在聂小轩院中夹的花障上。天刚杀黑，远远近近响起法鼓铙钹、诵经拜佛之声。孩子们手举长梗荷叶、挖空心的莲蓬、掏了瓤镂了皮的西瓜，各插了小蜡，燃点起来，边走边唱。天上一轮明月捧出，上下交辉，整个京城变成了欢快世界，竟忘了这个节日原是为超度幽冥世界的沉沦者而设的。

寿明和乌世保也把荷叶上的蜡烛和青蒿上上百支线香点燃，院内顿时亮起千百盏星星，几十轮皎月。聂小轩叫柳娘把炕桌摆在当院，放下矮凳蒲垫，四个人围坐饮酒。席间聂小轩再次叫乌世保到这里来学习画"古月轩"。柳娘说："师哥在店里吃住也不洁净，不如索性搬了来住。东耳房收拾一下我住，西屋让给师哥。"乌世保还想推辞，又被寿明拦住了。寿明说："这样很好，师徒如父子，搬在一起才是久处之计。"

这晚上寿明和乌世保都喝了不少酒。告别出来后，寿明推推乌世保说："你大难不死，必有后福！小娘子颇不俗，您若有意，我当冰媒。"

乌世保醉醺醺地说："胡说，祖宗有制，满汉是不通婚的！"

寿明说："狗屁，乾隆爷还娶了个伊帕尔汗呢！道道地地的西域回民！"

十五

　　乌世保这人，一生事事被动。可一旦被推上一股道，他还就顺势往前滚。他唱单弦着过迷，画内画着过迷，如今跟聂小轩学外画又着了迷。原来这东西像变戏法，明明红花绿叶，画的时候却要涂黑釉蓝釉，只有见了火它才变出花红叶绿。这还不算，那釉色竟还会胀会缩！有的釉在画时要堆成一堆，烧出来才能有薄薄一片；有的釉画得摊成一片，烧出却又是窄窄的一丝。怪不得多少人钻研仿制，终究不能乱真。他一心扑在学画上，那一老一少却扑在他身上。聂小轩给他出图，教他点染。柳娘端汤送水、洗洗缝缝。今天做一件衫儿叫他穿上，明天缝一条裤儿命他换上；逢五逢十催他洗澡，月初月末逼他剃头。隔了些天寿明来看他，见他又白又胖，衣履整洁，容光焕发，竟换了一个人。聂小轩脱离了牢狱之灾，既收徒弟又接了订货，也是舒心顺气、满脸知足的神气。柳娘孤苦了几个月，如今父女团聚不算，还添了位师兄，给这女人带来了照应别人关切别人的机会，也带来了羞怯的希望。寿明是个精于世道的人，他只坐了半个时辰，就咂出来这家甜丝丝的滋味。他明白了，乌世保搬进这个院，不是添了一个人，而是添了一盆火，把这一家的生活给烘热了。

　　聂小轩给乌世保的头一件实习品是个小碟，上边画《昭

君出塞》。 寿明看到乌世保已用墨勾出了人物轮廓，便问聂
小轩："照这样，三五天后不就能烧成了吗？"

聂小轩说："要这么容易还叫'古月轩'吗？"

寿明说："这不都勾了线了？"

聂小轩说："亏您还倒腾古董买卖，敢情对'古月轩'
满不摸门。 这么着，让柳娘领您看看她的炉子吧。"

柳娘笑了笑，把寿明领进烧掉了顶的北房墙筒里去。 这
墙内沿四边扫得干干净净，正中间砌着个砖炉，有头号水缸
大小。 寿明问："这是什么？"柳娘说："窑。"寿明走近
去看，用缸碴、麻刀、青灰、白灰抹了一层泥衬，四周码满
了钢炭，中间地带上下扣着两口筒子形的大砂锅，接缝处用
泥封好。 上边这口锅把底捅掉，留下个碗口大的窟窿。 从
这窟窿口吊下去一只铁架，架上卡着一个泥托。

寿明惊异地睁大眼说："烧'古月轩'都用这办法，都
这么大窑？"

柳娘说："别人烧是冒充我们家的，不能叫我们知道，
我没法见到。 我们家祖传下来，就是这么个烧法。 您是我
师哥的知交，我们才破例儿叫您看，还望您出去别跟外人学
舌呢。"

寿明自语说："怪不得……"

瓷器向来是用窑烧的，所以盆儿、缸儿、碗儿、碟儿全
论套，从头盆到五盆摆开来一大片。 讲究的用户，从荷花缸
到醋碟酒盅，几百件瓷器，一种釉一样花一窑火烧成。 瓷器

鉴别家知道看出哪些瓷是一个窑出的并不难。 汝、哥、钧、定，分辨容易；要看出同窑的器皿中哪些是一火烧的，才叫真功夫。 "古月轩"出世并不久，可给品鉴家带来不少难题。 人们没见过它有成套的器皿，也没见过半尺以上的大物件。 别说成套的餐具，就连佛前五供、瓶炉三事也没有。多半是单件头。 碗是一只，杯是一盏。 所以聂小轩能烧出十八只一套的烟壶就是奇迹。

寿明说："这么说，聂师傅做十八拍烟壶，是分十八窑烧出来的吗？"

柳娘说："怕要烧八十八窑还多。"

寿明问："这怎么讲？"

柳娘说："'古月轩'珐琅釉，是火中夺彩的玩意儿。每样釉色要求火候不一样，同一样釉色，深浅也要求火候不一样。 一张叶子，叶面烧一火，叶背烧一火，叶筋还要烧一火。 您算算，一个十二色的壶要烧几次！"

寿明说："原来这样！"

柳娘说："还不止这样。 这料胎和釉彩熔化的热度很相近，有的釉要的火候比坯子还高。 保住坯子，釉子不化，成了死疙瘩。 要了釉色，坯子软了又会变形。 成败常在眨眼之间，全凭眼睛一看，烧十件未必能出来两件，把废品算算，一个壶得烧多少火呢？"

寿明说："怪不得坊间一个烟壶常要上千的银子。 我原想做'古月轩'的人家一定会富比王侯呢！"

柳娘说："别人我不知道，我们家可是背着债过日子。"

寿明说："何至于这样？"

柳娘说："手艺人没有恒产。一批活儿下来，几个月之内买料、买炭，伙食杂项全是先借了钱垫上。卖出货去把账还了能剩几个呢？要是订的活呢，订钱取来先就做了垫本，到交活时也没多少富余。何况这手艺并非一年三百六十五天全能做的。"

寿明说："真是一行有一行的难处。"

柳娘说："如今烧'古月轩'并没利可图，平日我爹和我是靠内画挣嚼谷的。隔三岔五烧几件，一是为了维持住这套手艺，怕长久不做荒废了，对不起祖宗。二是我爹跟我也把这当成了嗜好，就像您和我师哥好久不唱单弦就犯瘾似的，有时赔点钱也做！不管多么劳累辛苦，多么担惊受怕，一下把活烧成，晶莹耀眼、光彩照人，那个痛快可不是花钱能买来的！"

寿明听柳娘讲话有板有眼，大方有趣，猜想她在手艺上也是有才有艺的，就更增加了替她和乌世保撮合的热心。他告辞时，借聂小轩送他的机会，要聂小轩陪他几步，就把这意思透露给了聂小轩。聂小轩说："当初我虽是出于无奈才把手艺传给乌大爷，可也实在是看出这个人有点根基。虽然出身纨绔，但不失好学之心，尚存善良本性，不是那一味吃喝嫖赌或是机诈奸巧之徒。不过我家向来不与官宦人家结亲，何况他是旗人？"

寿明说："乌大爷在牢里时就被削了籍了，还什么旗人？就是旗人又怎么样？我也是旗人，难道咱们不算知交吗？"

聂小轩说："您别误会。我们这儿住户满汉参半，大家都和睦得很，绝没见外的意思。我是说，乌大爷眼前虽有点失意，他能长久安心当个一品大百姓，不想重登仕途吗？"

寿明说："您怎么放下明白装糊涂？如今这旗人能跟二百年前比吗？您的左邻右舍有几个真当了军机达拉密的？补上缺不也就是两季老米，一月四两银子，还拖期欠饷打折扣！您别听乌世保口口声声'它撒勒哈番'，那是他吹牛，我们旗人就有这么点小毛病，爱吹两口。其实那是他爷爷辈的事。他自己连个马甲也没补上。端王给他派个笔帖式，他还没去，倒为这个坐了一年多牢。"

聂小轩原来就有意，于是顺水推舟，卖个人情给寿明，答应说："有您做冰人，我还能驳吗？让我再问问闺女吧！"聂小轩当晚趁乌世保出门闲走，把柳娘叫到跟前，说："我这次进了牢房，头一件闹心的事是后悔没为你定下终身大事，没把手艺传给后人。现在天缘凑巧，出来了乌大爷，又没了家眷，咱们还按祖上的规矩，连收徒弟带择婿一起办好不好呢？你不用害臊，愿意不愿意都说明白。这儿就咱爷儿俩……"

柳娘说："哟，住了一场牢我们老爷子学开通了！可是晚了，这话该在乌大爷搬咱们家来以前问我。如今人已经住进来，饭已同桌吃了，活儿已经挨肩儿做了，我要说不愿意，您这台阶怎么下？我这风言风语怎么听呢？唉！"

聂小轩听了，正不知该怎么回答，一看女儿眉头尽管皱得很紧，两边嘴角却是向上弯去，便说："你要实在不愿意，我也不难为你。我早就对人说过这是我徒弟。住在一起不方便，让他再搬回店去就是。"柳娘说："我要凭着自己性子来，一生不与他合着做活，他画了没人烧，您这徒弟不就白收了？您都生米做成熟饭了，才来问我。"聂小轩说："你说得是。可我怎么也想不起来了，当初叫乌世保住到这儿来是谁的主张呢？"爷儿俩正在说笑，听到门响，知道是乌世保回来，这才住嘴。柳娘上厨房去预备洗脸水，乌世保便到南屋来见聂小轩。聂小轩问了他几句话，见他支支吾吾、满脸泪痕，便生了疑，问道："照实说，你上哪儿去了？"

乌世保吞吞吐吐地说："到我大伯那儿请了个安。"

聂小轩说："你说跟我学徒的事了？"

乌世保说："没有。我说我从此要以画内画为业了，特禀明一下。"

聂小轩说："他不赞成？"

乌世保说："他说我削了籍，跟乌尔雅氏没关系，他管不着我的事！今后再不许我说自己是旗人，不许我再姓乌。"说完垂头丧气，满脸悲伤。

这时门帘呱嗒一响，柳娘闪了进来。她叉着腰儿，半喜半怒地指着乌世保说："人有脸树有皮，你家破人亡人家都没来打听一下，你倒还有脸去认亲，挨了狗屁呲儿还有脸回来说！那儿枝高是吧！"

聂小轩说："柳儿，你别这么横，血脉相关，他还恋着旗人，也是常情。世保，我问你，你是不是至今还觉着凭手艺吃饭下贱，不愿把这里当作安身立命之处呢？"

乌世保说："从今以后再要三心二意，天地不容。"

聂小轩说："好，那你就把我这儿当作家！"

乌世保跪了一跪说："师徒如父子，我就当您的儿子吧。"

柳娘笑了笑说："慢着，这个家我做一半主呢，您不问问我愿意不愿意？"

乌世保说："师妹，你还能不收留我吗？"

柳娘说："不一定。我得再看看，看你能长点出息不！"

十六

徐焕章虽然常和日本使团打交道，但当真能算上朋友的，只有个陆军上士。他请这位上士去八大胡同喝花酒，趁着酒兴问他日本人最喜欢什么样的画，也许他的日语还不到家，也许那个上士有意开玩笑，便从口袋里掏出一沓照片来说："这个我们最喜欢。"徐焕章看了看，照片有十来张，分作两大类。一类是他跟日本妓女一块儿照的；一类是八国联军占领北京时，他骑着洋马、挂着洋刀在午门、天坛、正阳门箭楼前照的。这前一类烧成"古月轩"未免不雅，这后一类倒极为对路。为八国联军打败大清国去向人家谢罪，还有比画联军在北京的"行乐图"更应景的吗？便向那人要了两张，说是留作纪念。然后找到个会画工笔画的大烟客，叫他按这日本人的服饰、洋马的装配、刀枪的形制，画个八扇屏，背后点景分别为前门、午门、天坛、太庙等处。画好后他给了那人四两银子两钱烟土。拿到肃王处吹嘘说这是请日本人自己出的题目，是任何人送的礼物中都没有的图样，送过去准能压过群僚。肃王看了也很满意，问他花了多少钱，他说甘愿孝敬王爷，不肯讲价，肃王便叫人领他到马号挑了一匹好马，还带全套的鞍鞯。

肃王派人把画稿送给九爷。九爷一看，也觉着新奇，很投合东洋人的口味。徐焕章近日也往九爷处钻营，可这人小气，不怎肯在管家戈什哈身上送门包。管家也看不上他狗仗人势的下贱相。九爷在那里称赞画稿，正好管家来回事，管家就说："爷，这画别人夸得你可夸不得。"九爷说："怎么啦？"管家说："本来您那份'十八拍'是这次送礼的头一份。徐焕章弄这个来，就叫肃王的礼把您的比下去了！这小子吃里爬外，把您阴了。"九爷听了觉得有理，便有点不高兴。对这徐焕章便有点冷淡了。

转眼到了中秋节。 聂小轩指导乌世保试烧的一个烟碟、一个烟壶出了炉。 造型美，色彩艳，图样好。 聂小轩便揣着到九爷府上检验。 管家跟他也熟了，把他带到了垂花门外，九爷刚喝完茶，一边看花匠在甬道两边摆桂花盆景，一边喂他新买来的一条狗。 这狗出自西洋，日耳曼尼亚，经红毛人从澳门带到北京的。 身量高，身条细，四条腿像四根铁杆，走在方砖地上咚咚有声。 浑身乌黑，只腹下和四条腿里侧各有一条白线，称作"铁杆银丝"。 原在载振手中，九爷用两匹跑马一对好蛐蛐才换过来。 一个僮儿在九爷身旁端个朱红漆盘，盘内是五花牛肉。 小僮用蒙古刀把肉切了，九爷随手就把肉朝天上乱丢，那狗腾空而起，一块块全从空中接住。 偶尔落在地上一块，它就弃之不顾，再转过身来朝九爷吠叫。

管事叫聂小轩在垂花门外等候，自己拿了那一壶一碟进去呈报。 聂小轩知道这里的规矩，便悄悄把个二两的银锭塞在烟壶的布包下边。 管事看也不看，一解开包袱，连包袱皮一起揣进了腰间，这才进门去向九爷回事。

九爷正玩得高兴，便说："这事我不早说过，叫他拿画样儿去做不就结了。"

管事说："不给人家订钱，人家怎么买料呢！"

九爷说："你发给他二百两就是。 这也用跟我啰唆？"

管事说："人家还孝敬了这两件样儿呢！"

九爷这时才接过那两件东西去，细看了看，有了笑脸。

便对门外的聂小轩说："再加一百，给你三百订钱。 我这银子可不许退，烧好了给我东西，烧不好我可还要你那两只手！"说完大笑起来。

聂小轩请个安说："谢谢爷赏饭。 刚才管家吩咐，要按画稿去做，小的没见画稿可不敢说能做不能！"

九爷说："不管那个，能不能都得做！"

管家说："聂师傅，放心吧，咱九爷是难为人的主人吗？"使了个眼色，叫聂小轩退下。 到了外边，他小声说："您放心吧，那画稿我看过，你一手捏着卵子都能画下来。"

管家在账房取了三百两银子，让聂小轩打了手印，到门口交给聂小轩说："你数数，可别少了。"

聂小轩一数，二百九十五两，心中打个转，又提出个五两的锞子放在管家手里说："多了一块，您收回去吧。"

九爷接着喂狗，喂着喂着，忽然想跟狗也开个玩笑，便随手把聂小轩送来的烟壶也扔了出去。 他本以为那狗也会当作肉接住，把牙硌一下的，谁知那狗往上蹿了一下，并不张嘴，看那烟壶直落到石阶上摔得粉碎。 管家听见破裂声，以为僮儿打碎了什么东西，忙进进来看。 九爷大笑着说："你瞧这个东西多精，换个东西扔出去，它能认出不是肉来，干脆不张嘴！"管家说："它认得。 肉什么色，烟壶什么色啊？"九爷听了，忙找跟肉一样颜色的东西来试验。 便把身上带的、客厅里摆的玛瑙烟壶、茶晶酒杯、琥珀烟嘴、烟料扇坠和肉掺和在一块儿，一件一件扔了出去。 后来小僮费了好大劲才把那些碎碴碎片收拾干净。

聂小轩离开九爷小府时间尚早，便顺路到天桥买几样杂食供果、中秋月饼，预备带回家过节。 时隔一月，这为人过的节与那为鬼过的节又大为不同了。 秋高气爽，万里无云。各项的鲜果也下来了：马牙枣、虎拉车、红李子、紫葡萄、黄梨、丹柿、白藕翠莲，五彩杂呈，琳琅满目。 从福长街北口，沿天桥南北，摆满十里长街。 像"四远斋""桂兰斋"这样的大茶食店，原是专供大宅门，不屑做这小生意的。 近年因时局不定，生意清淡，竟也来出了摊子。 五尺长的床子上，居中立起一块二尺多高的大月饼，饼上雕了嫦娥月桂、玉兔杵药。 饼上方悬挂红布，上边金字写了字号。 下边由大到小用月饼摆了几座宝塔。 引来众人争看。 那售"月亮码"的更不示弱，在它对面竖起长竿，竟挑起一幅一丈多长的"月亮码儿"。 金碧辉煌，刻画精细。 这里中心坐的却又不是嫦娥了，乃是一位端坐在莲台上的金面佛祖。 旁注"太阴星君，月光普照菩萨"。 莲台之下，也有玉兔杵药。引得人们猜测，闹不清这位菩萨和嫦娥是分掌月亮的两面还是分成单日双日轮流值星。 这二位又都有吃药的嗜好，便苦了兔儿爷这边捣了那边再捣。 他的地位在嫦娥和星君之下，和人间近了些，人们对他也就讲些平等。 在卖兔儿爷摊儿上便给他做了各种打扮。 长耳裂唇之下，有穿长袍的，有穿短打的；有的挑着剃头担儿，有的打着太平鼓；还有的穿长靠，扎背旗，一副杨小楼的扮相；还有一种用纸浆捣塑制成的，里边装了机关，用线一拽，眼珠下巴乱动，人们干脆不称他"兔儿爷"，叫他"呱嗒嘴"。靠近坛根，单有一帮乡下客，卖的是鸡冠花、青毛豆、雕成莲花形的西瓜、摆成娑罗叶样的萝卜缨。

聂小轩正在和一个卖鸡冠花的讲价儿，有人拍了他一掌，抬头一看，是寿明。寿明也背着钱褡子在买过节的东西。便说："我正有点累呢，咱们找个茶馆歇歇脚去。"两个便往西，走到坛根一个茶馆坐下。

这天桥附近的茶馆，和内城的又大有不同。门面小，房舍低，故而外边搭个大天棚，客座在外边多在屋内少。房檐下设一长形灶，一串摆上四五把小口大底长嘴壶。风箱一拉，两头冒火，四下出烟。茶桌是碎砖砌的，条凳一律本色白茬，又宽又大。因为在这里喝茶的以拉骆驼、赶驴、贩菜、推酒的劳动人居多，便于他们蹲着吃喝。今天上天桥买节货的人多，茶馆也挤，为了清静，他二人进了屋内。屋内低矮黑暗，可比外边清静。茶送来后，两人喝了几口，都皱皱眉。原来这里的茶叶也不如城里，沏的是名叫"满天星"的高末。

说了几句闲话，聂小轩就告诉寿明，已问过柳娘，柳娘并没有拒绝乌世保这门亲事。现在就看乌世保意思如何。虽然现在吃住都在一起，这婚事却是不能两家直接过话的。寿明说也曾问过乌世保。乌世保原说要向他大伯禀报一下再定；近日又说谁也不问了，只要双方八字相合，他极愿做亲。聂小轩点点头，心想："我一直觉着乌世保突然上他大伯那儿去有点蹊跷，果然这里有文章。"便说："既这样，你叫乌世保写个庚帖，我把柳娘的也写好，拿到'悦来栈'钱半仙那里去合一合吧。若无妨克等项，早日完了也好。住在一起，长了怕有闲话。舌头板子压死人，白找气生。"

寿明问聂小轩手中提的锦匣是什么。聂小轩便说是画稿。寿明问什么画，聂小轩说他还没看。寿明说何不打开一看呢。聂小轩连声说好，便把锦匣打开，拿出画稿。屋里太暗，两人便走出门站在窗下看。先看到是工笔重彩的蛮人画，线条、着色、布局都平常。聂小轩再仔细看，觉得有点别扭了，这蛮人都舞刀弄枪，跟背景不大协调。细一研究，所点的景全是北京实物，这两样东西没有往一块儿画的。寿明看出了这一点，只是摇头，没有开口。这时背后已站了几个伸头看画的，只听其中一个人说："八国联军在北京还没待够啊！这画画的想他呢！"聂小轩问："你说什么？"旁边另有一个瘦长个儿、白净脸、留着八字胡的人冷笑了两声说："凌辱陵庙，不以为耻反以为荣，居然画下来把玩，可叹可羞！这要再拿到洋人那儿换银子，可真谓廉耻丧尽了！"

几句话像一阵惊雷，把聂小轩震得头晕心跳，再看那画，果然题字写的是庚子纪念。抬起头来本想再和那人讨教两句，不知为什么人们哄然散了。寿明小声说："快走。"

自己也躲进了屋里。 聂小轩还没明白出什么事，一个穿着巡警官服的人慢步踱到了他跟前。 那时，这种洋式警服在中国还刚出现，十分扎眼。 聂小轩不由得打了个冷战。 那人问："你卖画呀？"

聂小轩说："不，我在这儿看画！"

"刚才说话的那个人是你一块儿的？ 上哪儿去了？"

聂小轩说："我不认识。 我看画他凑过来也看，连姓名也没通呢。"

警官伸手拉过一张画，看了一眼，突然问道："你是聂小轩？"

聂小轩说："我也没说我不是啊。"

警官厉声说："混账东西，王爷赏你的画稿你敢如此不敬，拿到这地方来传看。 还不快滚，小心我打断你的腿。"说完那警官急急走开，吩咐站他身后远处的两个人，追那发表议论的八字胡去了。

聂小轩被骂得莫名其妙。 看警官走远，寿明才在屋内喊道："还不进来，等着招祸呀？"

聂小轩进了屋，惊魂未定地说："这个人是谁呀？ 怎么连画稿哪儿来的都知道，还一肚子邪火？"

寿明说："这个人就是徐焕章。"

尽管光天化日，大街上还熙熙攘攘，聂小轩却觉着一下子天黑了。 寿明见他脸色难看，神情呆滞，忙问："您觉着怎么样？"聂小轩说："没事，我有个病根，一着急就眼前发黑，一会儿就过去。"寿明扶他坐稳，又换了壶茶，让他趁热饮了几杯，慢慢脸色缓过来了。 寿明说："我送您回去吧。"聂小轩说："您忙您的。"寿明说："再不雇个脚吧。"聂小轩说："罢，罢，我骑不惯那东西，一走三摇，还不把我腰扭了。 我慢溜达着吧，天还早呢！"

分手之后，聂小轩便沿着坛根往东走。 心里烦恼，一时又没有主张，便想绕个弯散散心，冷静下来再作打算。 不远处就是金鱼池了。 聂小轩平日爱看金鱼，便强打精神走了去。 这金鱼池原是大金朝时的"鱼藻池"。 相传当年池上宫殿，画栋飞檐，也是内苑禁地，如今早已颓废。 池子划成碎块，叠土为塘，卖与当地居民，用来养殖金鱼。 和草桥的花一样，专为皇室大户作清供雅玩之选。 多余部分，自然也卖与民家。 北京人有种花养鱼的爱好，皆得力于这两地的花农渔户。 聂小轩刚走到池边，便看见渔户们摆了木盆、瓦缸，放满各色金鱼。 什么"双环""四尾""狮子头""孔雀翅""三白""七星"。 最名贵的两种是雪白带黑点和大红披黄纹的"金银玳瑁"。 还有什么"鹤珠""银鞍"。数不清的名目，看不尽的花样。 这旁边又有卖灯笼草的，卖活鱼食的，玻璃缸、琉璃盆，把个水池四周装点得五光十色。 聂小轩平日看到这些，总是兴致盎然，脚站麻了也不愿走开。 可今天却看不出兴味来，没看两三个摊，便败了兴，扭回身往家里走。 而且脚步越来越沉重，神色越来越颓唐了。

柳娘做好饭菜，把一条棋桌早早摆到了院当中，把银箔、千张悬在枣树枝上，让乌世保在枣树南侧挖坑埋了两根竹竿，准备悬挂月码。聂小轩回到家来，强装出欢笑，掏出买好的供果，让柳娘去收拾好，摆进盘，自己洗了脸说："我乏了，等你拜完月，招呼我起来吃饭，让我先歇一会儿。"

柳娘把果品摆好，天也就暗下来了。等月亮在东墙头一露脸，她就让乌世保把月亮码挂上，然后对他说："这拜月是我们女人的事。你躲进屋里去吧。可不许偷瞧，瞧了会烂眼边。"她把鸡冠花、毛豆、月饼、水果一盘盘摆到棋桌上，从屋内请出个青花炉，拈上三支香，恭恭敬敬跪了下去。然后每插一支香，诉说一个心愿。这办法都是在看戏时学来的。《西厢记》也好，《拜月亭》也好，小姐月下上香，都是这般祝愿法。小女儿们并不想另有发明，但祝愿的内容却是各有各的创造。戏里的小姐头炷香多是祝愿官清民顺、国泰民安，柳娘没这么大宏愿，她祝死去的母亲早日超生，祝九爷这批订货顺利烧成得个好价钱，还祝家里人和顺平安。这"家里人"包括乌世保。拜罢起来，她叫出乌世保，帮她解下月亮码，和挂的千张银箔一块儿烧化了。两人把供品搬进南屋，端上酒菜，请聂小轩出来吃团圆饭。

聂小轩在屋内躺了一阵，稍安定了点。吃饭间也找题说笑了几句。后来柳娘问起九爷画稿的事。聂小轩说："画稿还没赶出来，咱们先烧几件自己出样的给他看看。要好，也许就不再用他的画稿了。"乌世保说:"既这样,您就早点出稿。"聂小轩说:"师傅领进门,修行在各人,我还总扶着你们走道吗? 这一回你自己来,我不过问,等烧成了再看。"乌世保说:"我怕不行。"柳娘说:"你这人也真上不了台面。 我爹既叫你画,他总有点成算。 万一出了毛病他也没有白看着的道理。 叫你干你就干呗!"

乌世保被柳娘抢白一通,便不再推辞。 第二天起他就构思、起稿。 他是画过写意的,便参照写意的画法,设计了套梅兰竹菊四君子图。 把稿拿给聂小轩看,聂小轩摆手说:"我说了烧成再看,你不要麻烦我!"从此他就埋头作画,不再过问这院里别的事。

柳娘是细心的。 中秋那晚,她就发现老头说笑间常常走神。 此后,常常发愣,再不把门反插起来在屋里悄悄地摆弄什么。 而且一反过去早睡早起的习惯,夜里灯光常常亮到三更天气。 有一天她舔开窗纸往里瞧瞧,是在算账,把账本、现银、首饰全摆在桌上。 一边拨拉算算一边往账上记。 又有一天,她看见老人在守着个锦匣看画片。 她依稀记得这锦匣是他中秋那天拿回来的,可以后就藏起来不见了。 她找个机会,悄悄把这事告诉乌世保。 乌世保说:"岂有此理,长者背着你的事你怎么能偷着看呢? 如此鬼鬼祟祟,羞煞人也! 不要妄加猜测,安分做自己的事去!"柳娘白瞪他一眼说:"碰上你这么个枣木疙瘩,我这辈子有罪遭了。"

柳娘想偷偷看看那画页。 可是老头藏得挺严,每逢出门必定把门锁上。 她时时留意着，老虎也有打盹的时候，终于有一天老头出门锁没有锁死，叫她拨开了，她找到那锦匣，抽出画页，看了两张，就拿去找乌世保。

"你看这是什么？"

乌世保看了看说："画。"

柳娘说："我知道是画。 你看看这是什么画。"

这画的边上有说明，说明在复制到"古月轩"上时应注意的事项。 乌世保便说："这是叫咱们照样临摹的画稿。老爷子怎么说九爷没给他呢？"乌世保又看了看画的内容，便皱起了眉头。

柳娘说："你别装神弄鬼的，看出什么来了？"

乌世保说："这上边画的是八国联军占北京！"

"着，着，着！"柳娘用手拍着桌子说，"我就知道老头子有心事，你还埋怨我不该私看他行动。 屁吧！ 这样的订货岂是能接的？ 这样的画岂是我们中国人能画的？"

乌世保说："你别火。 老爷子必有成算。 也许他说好拿别的画顶了。 他不是叫咱自己出稿烧几件吗？ 咱烧好一点，兴许就把这个换下来了。"柳娘半信半疑，把画放归原处，照样封好，又把门锁上。 过一会儿，聂小轩回来，虽拉了拉锁，却没说什么，大约是并没发现。

十天以后，乌世保画的"四君子壶"烧出来了。 聂小轩看了连连点头，在手中摩挲了半天，说道："好，我放心了。"

这晚上吃过晚饭，时间还很早，聂小轩说身子倦怠，便掩上门睡了，连灯也没点。 乌世保独立做出头一批成品十分兴奋，便也没点灯，摸黑坐着。 柳娘对老头起了疑，也不点灯。 只是坐在窗前远远地盯着南屋窗户，看有什么动静。

刚交二更，南屋灯亮了。 柳娘悄悄溜到窗下，从窗纸破口处往里瞧，接着又哎呀了一声踢开门闯了进去。 这时老人手中正攥着一把崭新的利斧，听见进来人，也吓了一跳，急忙躲藏。 柳娘扑过去两手抓住了斧把，叫道："爹呀，您可别这样！"又喊："乌大爷，快过来！"乌世保听到头一声"哎呀"，已经站起身。 听见柳娘踢门而入，便也出了屋门。 这时就应声赶到了南屋。 一见这情形，两腿便抖了起来。 战战兢兢地说："这，这是怎么档子事？"柳娘说："我爹不知道要跟谁拼命！"聂小轩一跺脚，放开斧子，说："糊涂东西，你爹有跟人家拼命的胆量吗？"

乌世保问："那您这是要干吗？"

"我恨这两只手！"聂小轩说完，叹了口气，坐在了床上。

柳娘把斧子隐到身后，也在椅上坐下。 乌世保站在那里，两个人都呆呆地望着聂小轩，不知话从哪里说起。

聂小轩镇静了一下自己，说道："九爷给的画稿，你们偷着看了，是不是？"

两人点了点头。

聂小轩问："你们打什么主意，这东西能烧吗？"

柳娘说："这不知是哪个心让狗吃了的杂种起的稿子，有点中国人味能画这个吗？ 我们要烧了对得起我妈吗？"

聂小轩又问乌世保："你说呢？"

乌世保说："我尿，我草包，洋人来了我没有枪对枪刀对刀的勇气，可我也不能上赶着当亡国奴不是？ 这点耻辱之心我还有。"

聂小轩说："这是九爷订的活儿，咱不烧九爷能依吗？"

柳娘说："既这样，咱们快收拾收拾逃开吧？"

聂小轩说："我一向做人光明正大，怎么能偷偷跑开？ 再说咱是收了订钱的。 人家告你个携款潜逃，吃官司事小，这人丢得起吗？"

柳娘说："赶明儿您去把订钱退了不结了？ 银子不是没动吗？"

聂小轩说："九爷有言在先，订钱是不许退的，要么交他做好的活儿，要么要我这两只手！"

柳娘这才知道他为什么拿斧子！

聂小轩说："我恨这两只手啊，它们操劳一生，没给我带来饱暖，可几次三番给我招祸。 去年不是因为那套壶画得好我能进监牢吗？ 我跟你们说，九爷放我回来的那天，就跟我来了个下马威，问我这手卖不卖，要不卖手就连人一块儿卖给他。 我那一夜几次想发狠把手剁下来扔给他。 可我不死心哪，我怕这手一剁，'古月轩'这门绝技就断了种了，我没法见祖先。 今天我看见世保做出来的活儿我放心了。可又想，咱们的手要非画这个不可，还不如这手断了呢！"

柳娘跑过去抓住她爹的手，捂在怀里说："爹，您别吓唬我。 爹，您气蒙了。"

乌世保说："您别这么心窄呀！ 九爷爱混闹，这九城谁不知道？ 怎么跟他较真儿呢！ 明儿个您把订钱拿去，再带上我跟师妹做的这套'四君子壶'，好好求求，要烧，咱给他烧这个，不烧，咱退银子。 杀人不过头点地，没有过不去的河！"

两人劝到四更天，聂小轩答应去求求试试。 柳娘把斧子拿到她自己屋里锁进箱，又打水让老爷子洗了脸，劝他睡下去。

柳娘和乌世保没睡，他们合计到天亮，因为不知九爷能否答应改画，终究没合计出个妥当办法来。

十七

聂小轩只打了个盹就起身了。 洗漱完毕，草草吃了几口点心，数足银两，包好画稿，带上"四君子壶"就奔九爷小府里来。

九爷这几天一顺百顺。 太后从废了大阿哥之后，跟洋务派透着近乎，看着九爷也顺眼了。 不知怎么一高兴，传旨下来，赏了九爷个头品顶戴。 于是庆功的、贺喜的几天来挤掉门上几层油漆。 九爷头两天还有兴致，到第三天头上就传下话来，除紧急公务一律免见。

这天徐焕章也来了，递进帖子去，半天没见回话，便坐在外客房里发躁。 忽然看见管家领着一个人来在垂花门外站住，小声谈论什么。 徐焕章待得无聊，就把身子影到窗边，装作看那里摆的一盆菊花盆景，偷听他们说话。 自从他正式到巡警衙门当差，他觉着自己有这么一份义务，多打听点别人的秘密。

其实管家是在埋怨聂小轩。 聂小轩手头不死，人也谦恭，管家对这种人还有点"身在公门好修行"的心意，并不想难为他。

管家说："九爷这两天正乏，你现在来回事不是找不自在吗？"

聂小轩说："工期太紧，实在不敢拖延，怕误了期更惹九爷生气。"

管家说："你简短点说，我给你回……"

刚说到这儿，九爷在院里高声问道："李贵，你在那儿又嘀咕什么呢？"

管家说："是烧'古月轩'的聂师傅。"

九爷说："订钱都给他了，他还啰唆什么，叫他滚！"

"嘁！"管家瞪了聂小轩一眼，小声说，"我说你找屁呲儿不是，快请吧！"

九爷在里边又发了话："我乏了，今天谁都不见，来的客人全替我挡驾吧。"

九爷听到聂小轩的名字，想起徐焕章阴他的事来了，故意给他个苍蝇吃，好叫他以后不敢造次。

徐焕章碰了软钉子，有点恼火。不等管家通知，自己就退了出来。走出大门，看见聂小轩在胡同口蹲着，这气就撞上来了，他并不知道九爷为什么冷落他，他觉着是聂小轩惹九爷发火才把他的事搅了。便冲聂小轩喊了声："喂，过来。"

聂小轩发愁，九爷根本不见面，退订钱管家不收，下边该怎么办呢？没想到这"喂"的一声是喊他。可徐焕章走过来了，走到跟前，用脚碰碰他说："我问你话呢！"

聂小轩抬头一看，认出了是那位警官，忙站了起来。

"你上九爷这儿来干什么？"

"我来说说烧烟壶的事。"

"你烧好了？"

"没有。这个画稿用不得。"

"为什么？"

聂小轩前几句是凭直觉答的，说到这儿他才清醒，打了个盹儿，鼓起勇气说："我是大清国的子民，不能画那个！"

"混账！"徐焕章暴怒了，上去左右开弓打了聂小轩几个嘴巴，"这画稿是老子订的，你敢挑剔？"

聂小轩豁出去了！喊道："你不也是大清国人吗？"

"你小子是乱党！"徐焕章狞笑着说，"那天我看见你跟那个反叛密谋来的。 怪不得了，不然一个小手艺人，哪来的这个胆子！ 我现在不跟你理论，你赶紧把活儿烧出来，耽误一个时辰，我要你的脑袋。 你那个同党今天就拉去砍头了，看你猖狂几时！"

徐焕章悻悻地走了。 聂小轩又气又恨，没头没脑地站起来就走。 走到煤市街南口，走不动了。 珠市口大街上人山人海，嘈杂喧闹，在鼎沸的人声中听见筛破锣的声音、吹号角的声音。 人墙把他挤得动也动不得，他踮脚看看，原来街心正站着一队绿营兵，停了几辆驴车。 驴车上站着几个人，五花大绑，背后插了招子。 对面一家饭铺的伙计端出几碗酒，站到条凳上，把酒碗送到犯人嘴边。 一个体格魁梧的犯人一口气饮完，声嘶力竭地喊道："丫头们养的，再过二十年又是一条好汉！"看客中间轰的一声叫起好来，可那人像一摊泥一样地瘫下去了。 聂小轩听这人口音耳熟，但已看不见他的脸面。 往那高耸起来的招子上看了眼，见到朱笔勾处，是个大写的"鲍"字，心中就一激灵。 这时另一辆车上，一个瘦高个儿、八字胡的人也把酒饮光了。 聂小轩认出来，正是在天桥发议论的那个人。 那人微微含笑，大声说："各位父老兄弟，各位炎黄子孙，我没偷，我没抢，我就是反对他们卖国呀！ 他们把我们中国一块块切着卖了！ 洋鬼子杀我们人，抢我们钱，在我们祖宗坟上拉屎。 连圆明园都烧了，就不许我们说一句吗？ 老少爷们儿，救救大清国吧，救救……"

喧闹的人声低了下来，变作了喊喊喳喳低语。前后囚车的犯人蠕动了一阵，喊出各种粗鲁的叫骂。一个小军官朝赶车的人摆摆手，队伍、驴车、看客像河水一样朝西，往菜市口流去了。

聂小轩清醒了过来。心想：我这是往哪儿走？回家？我回家干什么去？要办的事没办成，我回去能想出什么办法来？

他掉回头，又朝北走。快到云居寺的时候，几个人拥着一辆四尺长辕车，绿呢车围、大红拖泥。前有顶马，后有跟役，车夫在下边牵着辕马疾走而来。聂小轩认得是九爷的车，先躲在道边，车快走近时，他一闪身冲到马前跪了下来，高喊了声："九爷，开恩吧！"

车夫把车勒住了。九爷以为是有人拦车喊冤，探出头来。见是聂小轩，反笑了："你小子又出什么幺蛾子？站起来说。"聂小轩磕了一个头，站在一边，把三百两银子放在那画稿上，两手举过顶说："小的实在画不了这样的画，订钱画稿我不敢收了，爷开恩收回吧。"

九爷刚喝了点酒，又接到帖子请他上广和茶园去听谭叫天，心里正高兴。他弄不懂聂小轩是怎么档子事。见聂小轩满脸通红，汗涔涔、喘吁吁，便笑道："猴崽子，喝了酒上九爷这儿耍酒疯来了。也就是我，换别的爷台不掌你的嘴？回去干活去吧！我早说了，烧不出八国联军图样的烟壶，把你的手送来。我不收订钱！"说完朝车夫摆了下手，放下车帘，又爽快地笑了两声。 那车夫往空中甩了个响鞭，车子走动两步便跑起来了。

聂小轩愣了片刻，一跺脚，追了上去。 喊道："罢，我就给您手！"随从冷不防他又冲了上来，连忙去拦，聂小轩一个跟跄跌到马后车前，把手伸到车轮的前边⋯⋯

九爷没听见聂小轩喊什么，只觉着那车咯噔一声，一歪一晃，险些把他头撞了。 车夫猛叫一声"吁——"，把车又刹住了。 外边立刻传来一阵喧哗。

九爷没有再掀车帘，只问了声："又怎么了？"

车帘拉开一条缝，管家探进头来，脸色煞白，嘴唇发抖，说："聂小轩的手叫车轧折了。"

"嗯？"九爷又笑了，"这小子还真犟！ 有他的！ 快送到接骨苏家去接上。 肃王还等着他那手烧烟壶呢！"

聂小轩的心思管家懂，他暗地对这个小工匠有点佩服。就说："九爷，聂小轩要是从今后再不能烧'古月轩'，您那套十八拍的壶可就举世无双了！"

九爷想了一下，赞许地连连点头，小声说："那就索性趁他昏着把手给他剁下来，报告王爷说他酒醉失足，被车轧断手，烟壶烧不成了。"

"嗻！"

"三百两订钱不要了。 赏给他养伤！"

"嗻！"

管家一声吩咐，车马又走动了。

后话

管家把聂小轩送到伤科医生处诊治。见腕骨已碎，不能修复。他便没照九爷的吩咐把这右手剁下来。命医生上药包扎，开了内服的药方，雇辆车把聂小轩送回家里。三百两银子他如数给了柳娘，不仅没拿回扣，连诊治费他都由账房里支了。临走嘱咐说："你们趁早搬家，另寻出路。这事肃王和徐焕章知道后不能善罢甘休，那时我可就护不住你们了。"

乌世保也估计与九爷毁约不是易事，但没料到是这样个结局。他望着聂小轩那血淋淋的衣袖和没有血色、微闭双眼的面容，惊呆了，吓傻了。从屋里走到院子，从院子又回到屋里。想做什么又不知该做什么。想说话又找不到话可说。柳娘虽也慌乱了一阵，却马上把自己镇静了下来。她既没安慰父亲，也没理睬乌世保那丧魂失魄的样子，说了句："你照顾点家里。"便径自推门走了。这一走，直到灯晚才回来。回来时，手里提着两个大红包袱。这时聂小轩已经由乌世保伺候着喝过粥，服了药。疼痛稍减，精神略增。小声地继续地对乌世保述说他和九爷交涉的经过。见柳娘进门，两人都奇怪地问："哪儿去了？这是拿的什么？"

柳娘把一个包袱扔给乌世保，对他说："你现在就走，

寿明大爷在崇文门悦来栈候着你。 明天换上衣裳,再由寿明
陪着坐车回来。"乌世保听了莫名其妙,想仔细问问,又见
她不是气色。 刚一迟疑,柳娘就推他说:"快走啊,什么时
候了,还容你装傻卖呆? 你走了我还有活要干呢!"

乌世保稀里糊涂挟着包袱走出了门。 柳娘这才对聂小轩
说:"爹,不管您心里什么滋味,今天得听我的。 多吃点,
吃好点。 好好养养神,明天一早咱们上路。"

聂小轩问:"上哪儿去?"

柳娘说:"奔三河县,投奔世保的奶妈去。 孩子不还在
那儿吗?"

聂小轩用那只好手,指指包袱问:"这是怎么回事?"

柳娘说:"我这么不明不白跟乌世保同行同止算怎么回
事? 到了三河我算哪门亲呢? 明天先拜天地,随后再上
车。"

聂小轩说:"拜天地? 上车? 这么两件大事儿你自己
就办了?"

柳娘说:"您病着,那一位比棒槌多俩耳朵,我不自己
办谁办?"

聂小轩说:"这一宿工夫也筹备不及呀!"

柳娘说:"衣裳我买了。 神马香烛我请了。 我找了寿
明连当傧相带做媒证,车子也雇好。 能带的东西带着,不能
带的交给寿明,以后由他变卖,把银子捎给咱。 这个人靠得
住。"

　　聂小轩除了服从，没话可说。 柳娘一夜工夫把行李收拾妥当。 把神马供到她母亲画像的上方，摆了香炉蜡扦。 第二天一早，寿明陪着装扮一新的乌世保乘一辆马车，领着两辆骡车来到了聂家。 寿明主持婚礼。 两人拜了天地。 又向聂小轩和柳娘母亲的画像磕了头。 最后谢过寿明，便把聂小轩扶上一辆车，新婚夫妻合坐一辆车，另一辆车拉上行李什物，出广渠门奔三河县去了。

　　从此以后，乌世保改名乌长安，以画内画壶为生。 两口子为了保存"古月轩"这门手艺，每年还烧它三窑两窑。 但既不署名，也不谋利。 底印全打上"乾隆年造"。 再也不烧过去没有的新花样。 内行人都知道，"古月轩"有光绪年号的绝少。 所以过了四十余年，北京市面上忽然又出现了一件光绪年造的"古月轩"制品，就成了奇闻。 并由此又引出一段公案。 此事笔者虽有兴趣，亦欲调查，有无收获，殊难预料。 故不敢贸然许愿说《烟壶》还要写出续篇来。

　　　　　　　　　　　　1983 年 10 月 30 日连日发烧中写完

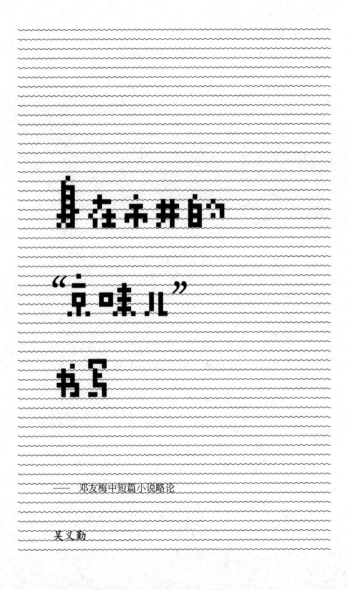

身在市井的 "京味儿" 书写

—— 邓友梅中短篇小说略论

吴义勤

以《寻访"画儿韩"》《那五》《烟壶》等为代表的邓友梅的"京味儿"市井小说是中国当代文学界一脉极为经典的文学创作。

民间视角。 邓友梅的一系列"京味儿"中短篇小说都是从民间视角入手的，而并非直接地重点地去描述时代变迁和社会转型。 所谓民间视角，具体到邓友梅的作品中，就是通过重点关注一个或几个"具体的人"的人生历程中的起伏波折来极为耐心细致地讲好每一个故事。 时代风云和社会动荡在他的作品中往往会弱化为一种叙事背景而非叙事主体。 例如，八国联军进京、晚清持续动荡、清朝灭亡、民国建立、抗日战争、国共内战、新中国成立、社会主义改造、反右倾运动和"文革"等等，往往都只是必要的叙事背景。 之所以说必要，其一，这些大事的确真实地发生了，作为关注现实关心人民的作家，不可能对此视而不见；其二，以上一系列的历史变革都是极为特殊的历史时期，尽管中国民众在这样的历史时期中饱受苦难，但从文学创作的角度来看，却不失为一个难得的经典的创作背景。 所以，作家既敏锐地抓住了这样难得的叙事背景，又不拘泥于此，而能够从自己最为熟悉最为钟情的民间视角进行创作，因此游刃有余。

人的改造。 邓友梅的代表性的中短篇小说中，很多的主人公往往都是没落的旗人贵族。 比如那五，比如乌世保，等等。 这些没落贵族往往先前都很阔绰，靠祖产过着养尊处优的日子，每天不过是遛鸟斗蛐蛐、喝茶听曲儿、摆弄文玩聊聊闲天，最要紧的是一副大爷的架子得时刻端着。 即便后来没落了，这个架子、这个派头、这个范儿也不能丢。 因为这关系到他们最看重的脸面，对他们来说，脸面要是没了，那比死还难受。 所以，可想而知，将这些没落贵族"改造"成自食其力的劳动者得多困难。 作家很直接地触及这个敏感问题。 《烟壶》中的乌世保就是个没落贵族，他因打抱不平而遭奸人陷害入狱，出狱后更是衣食无着无处栖身。 但幸好他在监狱里跟着聂小轩学到了烟壶内画技术，所以虽然生活艰难，但起码能够自食其力。 《那五》中的那五的"改造"就更加困难了，他从小游手好闲、撒泼耍滑、不务正业，一身少爷范儿更是顽固至极。 家族没落以后，他就只知道坐吃山空当东当西不思进取。 浑浑噩噩过了半辈子，幸好赶上了共产党对他的改造。 党的办事人员认为，那五虽然"办好事没能耐"，但"做坏事的本事也不到家"，因此是可以"团结、教育、改造"的对象，也即，那五这类没落公子哥为代表的广大国民是完全可以通过一定的教育和帮助在新时代完成蜕变的。 于是，最终给他谋了一个与通俗文艺相关的公职，这标志着那五的改造也正式完成。 值得注意的是，这样的改造中，通过主人公的命运变迁和人生经历，我们可以很清楚地看到特殊时期里这一类特殊人群的生命历程。 这既是对"世道"的关注，更是对有血有肉的"个人"的关注。

反思意识。 作为一位有良知的理智的作家，必定具备反思意识，也即自省的习惯。 邓友梅尚未走完的一生，已然经历了中国近现代历史中极为特殊的一系列时代变迁和社会变革；他本人更是经历丰富，他参加过抗战、做过党的基层中层领导、曾经被打倒被迫害、又复出……对这一切，他没有顾影自怜，而是一如既往地将全部的心血积极地投入到创作中去。 他在作品中书写的不是愤恨和怨念，而是救赎与希望，这体现在他严肃的反思意识中。 《寻访"画儿韩"》中的甘子千，直到罹患重症之后才意识到自己多年来一直对不住"画儿韩"。 于是他开始试图弥补并付诸救赎。 这便是严肃的反思意识，也是这篇小说的重要立足点和关注点：小说意在警醒当时的广大民众，在悲痛地审视自己所受的伤害与不公正待遇的同时，也应认真反思自己是否对他人做过类似的事情。 因为"文革"不是某一个或某一类人的错，所以很多人既是受害者同时也是施害者，即便不是刻意为之，但见死不救或者姑息放纵甚至有意偏袒的行为，也同样与施害无异，甚至会造成更为严重的后果。 要之，对"文革"的审视和作家对自己的反思，始终是其写作重点之一。

　　以上多从内容方面分析了邓友梅市井小说的"京味儿"
书写，其实更直接的"京味儿"则体现在其小说的语言上：
多用京白，又适时适度地融入一些文言和民谣俗谚，让作品
充满浓浓的"京味儿"，读来如涓涓细流，有趣又令人回
味。 小说的叙事受传统章回体的影响，注重故事本身的细节
和波折，结尾还不忘留下空白，引着读者继续关注主人公的
命运和故事的发展。

图书在版编目（CIP）数据

那五 / 邓友梅著；吴义勤主编. --郑州：河南文艺出版社，
2020.7

（百年中篇小说名家经典 / 何向阳总主编）
ISBN 978-7-5559-0947-7

Ⅰ.①那… Ⅱ.①邓…②吴… Ⅲ.①中篇小说-小说集-中国-
当代 Ⅳ.①I247.5

中国版本图书馆 CIP 数据核字（2020）第 097394 号

丛书策划	陈 杰 杨彦玲		
本书策划	王甲克	责任校对	赵红宙
责任编辑	王甲克	责任印制	陈少强
丛书统筹	李亚楠	书籍设计	书籍/设计/工坊 刘运来工作室

那五
NAWU

出版发行	河南文艺出版社
本社地址	郑州市郑东新区祥盛街 27 号 C 座 5 楼
邮政编码	450018
承印单位	河南瑞之光印刷股份有限公司
经销单位	新华书店
开 本	787 毫米×1092 毫米 1/32
印 张	7.375
字 数	134 000
版 次	2020 年 7 月第 1 版
印 次	2020 年 7 月第 1 次印刷
定 价	35.00 元